天使忘记说爱你

TIANSHI WANGJI SHUO AI NI

苏丹 著

广西人民出版社

图书在版编目（CIP）数据

天使忘记说爱你／苏丹著.—南宁：广西人民出版社，2014.4

ISBN 978-7-219-08734-3

Ⅰ.①天…　Ⅱ.①苏…　Ⅲ.①都市小说—中国—当代　Ⅳ.①I247.5

中国版本图书馆CIP数据核字（2013）第313591号

监　　制　白竹林
策划编辑　周月华
责任编辑　周月华
美术编辑　王　霞
印前制作　麦林书装

出版发行　广西人民出版社
社　　址　广西南宁市桂春路6号
邮　　编　530028
印　　刷　广西大一迪美印刷有限公司
开　　本　875mm×1230mm　1/32
印　　张　8
字　　数　130千字
版　　次　2014年4月　第1版
印　　次　2014年4月　第1次印刷
书　　号　ISBN 978-7-219-08734-3/I·1717
定　　价　25.00元

【序】

倘若爱情地久天长

我们的青春，似乎总是背负着大大小小的伤痕。

很多时候，我们盲目地相信，隐忍地等待，孤勇地坚守……我们曾经那样天真地相信爱情的奇迹，然而命运，却给予了我们最致命的一击。

这不是我第一次给人写序，可是，在敲打这些文字的时候，我的内心前所未有的复杂，甚至难过。

其实，一直以来我都不大喜欢谈及有关“背叛”的话题。

说不清是“一朝被蛇咬，十年怕井绳”，还是因为年纪越大，看到的事情越多，越觉得自己无力承受这些精神折磨。

在我的意识里，“背叛”是个非常敏感的字眼儿。它不像爱、恨、痴、怨那样尖锐却单纯，它是矛盾的而又是沉重的。

背叛，意味着你爱过，却被人伤过；抑或你离弃了自己在乎的人，可是同时，你也在痛着。

所以，当我看到顾南生为了所谓的留学名额，背弃叶苜蓿投入许良辰的怀抱时，我突然觉得他异常可怜。

不是可悲，是可怜。

他不会懂得他失去的是怎样一份纯真的悸动，也不会知道未来的日子留给他的是怎样的遗憾。

当所有以爱为名的罪恶一层一层缓缓剥去伪装的面纱，利益和谎言渐渐浮出水面，我想，顾南生或许才会真正感到痛吧。

这个世上，再也不会存在那样一份毫无瑕疵的爱情；他的生命中，再也无法拥有那样义无反顾的等待。

跟苏丹的熟识，既是因为我的小说，也是因为《素时纪》杂志。

有一天她跟我说，要办杂志，问能不能连载我的长篇，我说好啊，欢迎。

然后就这样聊起来了，谈工作谈生活谈未来，更多的是谈杂志的发展。这两年，我看到她的努力和付出，同时，也深深体会到她的辛苦和无奈。

有时候她会很颓丧地跟我说，榛子，我好累，我坚持不下去了。可是第二天，她又突然告诉我，榛子，我想了想，这个杂志还是得坚持。我不是为我一个人在做这个事情，那么多读者和写手等着呢，这本杂志，凝聚着我们所有人的期望。

我想，这大概便是一个人内心真正的成长过程。

遇到打击，遭受挫折，可是，她还能用一颗勇敢而又坚强

的心去面对。苏丹就像是故事里的叶苜蓿，哪怕一无所有，可她知道，她还有梦想，还有希望，还有坚持下去的动力和理由。

这就足够了。

故事的最后，顾南生和许良辰结婚，叶苜蓿在乘坐长途客车回家乡的路上，遭遇了因下雨导致的山体滑坡……开放式的结局让一切似乎回到了原点，字里行间透露着满满的悲伤，却也暗藏着点点希望。

倘若爱情地久天长，疯狂一场又怎样？

可是，年轻的我们总是不懂现实的残酷，试图用满腔热情去为青春尽力画一个圆。

然而，这个世界终是会以各种各样的方式让我们铭刻，分手不是输给了爱，而是输给了我们自己的心。

幸好，这么多的坎坷终于让我们学会了成长和感恩。幸好，这样漫长的时光依然没有让我们忘记，在这个世界上，哪里有梦想，哪里就是天堂。

献给所有曾接受过残酷青春洗礼却仍然怀揣梦想的孩子。

愿你们幸福。

青春情感小说作家　榛子壳

微博：http：//weibo.com/u/1633406170

目录

番外

楔子

雨后的城市，灰蒙蒙的天幕在微倦的瞳孔中渐次拉开。乌暗的云朵呈大团状堆积，像是块厚重的石块硬生生地堵在逼仄的咽喉处。

一座高达五十六层的亚贸大厦被周围高矮不一的楼群突兀地包围着，喷绘有“金融中心”的巨幅炫彩灯牌傲然悬挂在大厦楼层外玻璃窗的正中央，俨然一副高高在上、气势恢弘的城市地标姿态，熠熠生辉的金色大字极具诱惑地迎接着熙来攘往、川流不息的人群和车辆。南来北往、纵横交错的便捷交通设施构成了这座城市坚实的骨架和流动的血脉，推动着这座昔日世界闻名的大古都大步流星般迈向国际现代化都市。

这个时分恰是早晨六点钟。W市街头两旁的商业店面还没有开门营业，只能隐约看到前方十字街角处一家二十四小时营业的便利店亮着星星般的光点。因为下过雨，叶苜蓿满布红血丝的瞳孔里所能看清的街道都是笼罩在一片稀薄的雾霭中，宛如覆了层缥缈的白纱。

她对着玻璃窗外朦胧的街道品尝完一份法国面包和一杯拿铁后推开门走了出来，迎面扑来的晨风在她的脚边有力地打了个旋，伴随着身后传来店主甜美的声音："请慢走，欢迎下次光临。"

两道长长的车灯光倏地探向前，513路公交车驮着空荡的车厢慢悠悠地驶过便利店开向湿滑的路面，尾留下两行清晰的轮胎印在积了雨水的柏油路面上渐渐荡漾开来，如同飞鸟掠过平静的湖面。

叶苜蓿上车后如往常般朝司机莞尔而笑，径直走到熟悉的靠窗位置上。想到自己在这座城市已经生活了七年，她不由得锁了锁眉头。

昨晚又熬了通宵，此时的她正用力地睁大惺忪的睡眼，小巧的脸上妆容精致，深浓的黑眼圈纵使扑了厚重的粉底也隐约可见。

叶苜蓿动了动有些酸痛的胳膊，纤细的手腕上露出一条银白色的碎花手链，光泽有些褪去。白皙的手臂在胸前随意环成一个圈，里面是一沓厚厚的文件夹。最上面的封页上印着两个铅体大字：策皇。

策皇，W市广告界数一数二的名企。位处W市市中心最高建筑——亚贸大厦四十三层。仅上月，策皇公司就在“W市建市三十周年庆典暨企业十强之星评选活动”中以高位选票一举拿下“风云企业”“经济产值最佳贡献企业”“十强品牌企业”三项大奖。随之引来国外VQ大投资集团分批项目的签约合作，从而较其他企业领先拥有了大幅度和高频率的升值空间。

一团火苗升起，窜上车窗的玻璃镜面。谁的眼睛里温度直线上升，燃烧猛烈。炙热。车厢对面跷腿而坐的年轻女人直勾勾的一双妩媚凤眼，带着蔑视还是嫉妒的眼神瞥了瞥叶苜蓿怀里的文件夹。

W市似乎永远不缺这样的角色：年轻、漂亮、妖冶、骄纵。

这座光怪陆离的繁华都市，近年随着国家相关经济政策的倾斜已快速摆脱文化古都的旧面貌，继而走上了经济特区的转型大道。从W市人们的生活节奏中便可明显感受到这座城市的跨越式发展。叶苜蓿每天的上班途中看到的人群尽是匆忙的步伐，麻木的神情。

朝九晚五。终年如一日。

至于她自己，倒也习惯只身往返穿梭，一如七年前进策皇的模样。

悄然跃出地平线的初阳，在513路公交车转弯的时候让叶苜蓿微微眯起了眼。她今天穿了身深墨色的外套，裙摆刚好没过膝盖。有少许碎薄的光线从两幢大楼的缝隙间斜斜地投射下来，浅浅地打在叶苜蓿的身上，让其柔美尽显。

从窗外吹进车厢内的晨风，让她的脖颈一阵微凉。

如果你恰好坐在她身后，或许能隐约看见白色针织衫下后脖颈露出的那半朵深紫色的花样刺青，散发出迷离的魅惑。

车上的乘客越来越多，叶苜蓿别过头向车窗外望去。看到的依旧是W市最为熟悉不过的街道。街道上植满了高大挺拔的法国梧桐，碧叶青干，树影婆娑，自公交车窗玻璃外一棵接着一棵地倒退过去，像电影放映结束后大屏幕中间自下而上迅速翻过的大字幕，让人花了眼，晃了神。

原本是成熟结果的季节，却在绵绵雨天过后重新吐露出花蕊来。白色的花朵一路延伸漫向天际线，如同时代广场喷泉旁一只只悠闲漫着步的白鸽，让人忍不住想要伸出手去触摸。

W市，一座让人失去抵御力的城市。

第一章　回国

赶到办公室的时候，叶苜蓿迟到了将近四十分钟。

穿过整齐划一、键盘声错落起伏的格子间，远远地便看见尽头“总监办公室”外一双油光锃亮的黑色皮鞋，很是引人注目。

沈熙勋气定神闲地倚靠在办公室门口，他是叶苜蓿的老板，半个月前策皇董事会特意砸百万年薪从美国聘请回来的MBA精英。白皙的欧美肤色，精致的脸部轮廓，高挺的鼻梁下两瓣噙着冷峻的薄唇，一袭黑色西服套装不仅勾勒出他硬朗挺拔的身条，更是将他一百八十厘米高的身材衬托得绝美无比。

准确来说，这是一个集“年轻”“漂亮”“优秀”三大标签于一身的完美男人。上帝对他的恩宠，如同江山拱手只为博其一笑。

沈熙勋到公司的第一天，便秒杀了办公室上上下下里里外外所有女员工。

就连平日里沉默寡言专心负责打扫办公室的清洁阿姨，都对他极具好感，数次主动攀上前去搭讪。据清洁阿姨在洗手间里自言自语嘀咕的话讲，恨不得将自己还在念高中的女儿嫁给他。更有大厦其他楼层公司的女同胞们，下班后刻意在一楼大厅逗留只为一睹他的“芳容”。

如果运气好的话，女人们更希望能有幸走上前与他并肩耳语，甚至共进烛光晚餐，相拥跳一支舞。

不过，有人除外。

沈熙勋在公司例会上向所有员工作自我介绍的时候，叶苜蓿就装着一副专心低头看手中一份关于某公司产品广告方案书的姿态。其实她是心里压根不想像公司其他女同事那样用充满无限崇拜的眼神深情注视他，迎合他，附和他。

或许每个人都会有毫无缘由地排斥某个人的时候吧。只是当他们重逢之际如果能够第一眼便回忆起，原来沿着时光的痕迹还可以寻出彼此曾经纠缠过的那一曲命轮，或许在半月前俩人同时伸手向电梯按去眼神交汇的那一刻应该是满心欢喜，热泪盈眶的吧。

此刻，沈熙勋正用他那凛冽桀骜的眼神不动声色地打量着迟到已久的叶苜蓿。可对于近段时期她的迟到他却又是睁一只眼闭一只眼，因为他更为重视的是她手上的文件，那是一份关于米唐企业成立十周年庆典的策划方案。

与策皇相媲美，米唐雄厚的资金在W市可谓首屈一指，无谁能敌。更何况米唐最年轻的广告总监——容貌与才华兼具的谢谷雨，单单是获过美国商学院MBA学位这一荣誉便足以令全市所有青年才俊为之倾倒，纷纷投奔米唐。想起那个举止优雅的女人，沈熙勋嘴角浮出一抹笑意，沉浸在那抹倩影里。

叶苜蓿察觉出了沈熙勋的走神，径直越过他欲进总监办公室。

“叶总监……”沈熙勋突然回过神来，开口道，“请来下我的办公室。”说完，男人便转身向相邻的经理办公室迈去。

已是十月的天，W市也有了一丝寒意。

看着玻璃窗上结出的晶莹露珠，叶苜蓿在衣柜里翻了半天才找出一件合适的浅色厚外套。又熬了一个通宵，还来不及去马路对面的便利店喝杯热饮，她便又匆匆上班去了。

如果她有特别关注今天的星座运程，那么会意外发现资讯中有这样两行字：双子座今天可能也会跟旧爱重逢，但你需要提前知晓“某个问题”可能依旧困扰你，就看你是愿意再次面对还是直接忽略。

而同一时刻，叶苜蓿平日里喜爱光顾的便利店内，刚下飞机的许良辰小憩的位置正靠近宽敞洁净的落地窗，她整个人嵌入舒适柔软的沙发里，倦怠尽显。

七年了！终究还是回来了！

“小姐，打扰一下，您的卡布奇诺……”托着餐盘上前的侍者礼貌地打断了她的思绪，放下了两杯热气腾腾的咖啡。

“谢谢。”许良辰回过神来，微微坐起身子，朝着年轻侍者莞尔而笑。

端起咖啡杯的手指纤细狭长。轻轻地啜了一小口，卡布奇诺的浓郁奶香味瞬间包裹了她的味蕾，一股暖流向全身荡漾开来。许良辰惬意地将头转向窗外空旷的街道，这个点路上的行人并不多，她的目光突然停留在街道对面一个单薄的身影上。

怎么是她？

许良辰屏住呼吸，静默地凝视着那抹纤瘦的身影：及腰的桃木色长发温婉地拢在耳后，怀中抱着厚厚一沓文件，一袭刚好没过膝盖的墨色高腰外套衬得她更加玲珑。

后来的她过得还好吗？

想到这里，许良辰的神色瞬间变得异常灰暗，脑海里不由得忆起了七年前的那一幕。

“在看什么呢？这么入神……”倏地，耳边传来一抹温柔的声音。

从洗手间回来的顾南生，看见坐在窗边若有所思的许良辰，好奇地顺着她的目光望向窗外，结果只看到两排高大挺拔的法国梧桐落寞地植在路边。远处灰蒙蒙的天光像面厚重的墙，压过尼龙镜片，堵在了他微弱的视线内。

这条熟悉又陌生的长街，让顾南生蓦地涌起一阵物是人非的苍凉感。因为爱过，所以不能是敌人；因为伤过，所以不能做朋友。因为停留过，所以会留恋；因为离开过，所以很孤单。于是，W市成为他心中一座既熟悉而又陌生的城市。

“你的咖啡有些凉了，要不换杯热的吧？”

想起刚才看见的那个人，许良辰眼里闪过一丝慌张。目光装作不经意地再次探向街道时，那抹身影已然消失。

“不了，坐那么久飞机你也累了，我们先找个酒店休息下。”顾南生并没有觉察出许良辰的惶恐和不安，倒是注意到她的双眼布满了红血丝，面容憔悴。

推开咖啡厅大门的那一刻，清冷的晨风在许良辰脚边打了一个旋儿。还未完全感受到扑面而来的凉意，顾南生高大的身躯便第一时间挡在了她身前。

这七年来，你一直待我温柔。如果我要求多一点儿爱，是不是很贪心?

被顾南生的体贴搅乱了心绪的许良辰，只好低下眼睑用手拢了拢耳畔垂落的几缕碎发，两团红云悄然攀上她的脸颊。很平常的一个举动，左手纤细的无名指上一枚精致的银色戒指在街上10℃的冷空气里散发出熠熠光彩，表面还刻了一串字母。

还没来得及看清那几个字母，许良辰便已捋好发丝收回了手。顾南生只好不动声色地扶了扶鼻梁上的黑色镜框，嘴角略略上扬，露出一个好看的微笑，“走吧。”

W市的清晨永远是最朝气蓬勃的模样，策皇的每个人都像打了鸡血一样趴在电脑前绷紧了神经高度运作自己的脑细胞。

“我的小祖宗，你今儿怎么又来这么晚呀，早会都开完了呢!”前台的林婉媃一如既往地娇嗔。

叶苜蓿正想抱怨今天的交通比昨天还拥堵，却瞥见沈熙勋的秘书宋婷婷正一脸委屈地迎过来，“叶总监，沈总请您去趟他的办公室。”

“瞧瞧，亲爱的婷婷肯定又被那个新来的老板骂了，沈总可真是不懂怜香惜玉!”林婉媃一边安慰宋婷婷，一边噘着涂满了粉红色唇彩的小嘴儿嘀咕道。

看到又迟迟才现身的叶苜蓿，沈熙勋深沉的眸子里透着冷锐的光，“叶总监，公司附近有在修路吗？”

“沈总，最近条条大道通公司。”叶苜蓿直视着他，不卑不亢地回。

“那……叶总监今天缺席早会是W市的公交都罢工了？”故意的停顿，让人听出了其中的轻蔑味。

“罢工倒没有，不过我想他们也不会介意您送辆兰博基尼的最新款体恤下属。”

“再快的跑车碰上愚笨的女人也只会变成拖拉机，叶总监觉得呢？”俊秀的眉眼掠过一道寒意。

叶苜蓿不想过多纠缠，放下手里的文件就出了办公室。

盯着女人离开的背影，沈熙勋漂亮的嘴角牵出一抹瘆人的冷笑。

中午人潮拥挤的自助餐厅内，四周尽是此起彼伏的碗筷碰撞声。一向以“吃货”自诩的林婉媃今天反倒放着满满一大份午饭，双手托着下巴目不转睛地盯着叶苜蓿。

“我脸上刻着‘帅哥’两个字吗？”估摸着林婉媃一直这样盯着自己都快半个钟头了，叶苜蓿有些瘆得慌。

“你上午在沈总办公室很那个嘛！”林婉媃语气崇拜道。

“你耳朵也很那个。”

不理会林婉媃投来含着贼意的目光，叶苜蓿专心吃着餐盘里最爱的糖醋排骨。为了一个米唐公司的庆典方案，她已经连续熬夜修改了不下二十遍，上午终于忍无可忍才会在总经理办公室和沈熙勋对战。

“连沈总都敢呛，你太英勇了！”

“拜托！”叶苜蓿无语地白了一眼林婉媃，每天午饭时间跟这个古灵精怪的秘书斗嘴，也算是一大头疼事。

“再说，也没什么我不敢的。论智商，十题脑筋急转弯我能答对八题；论学识，十岁时我已经读了八年的书；论文才，十分钟内我可以口述一篇美文；论记忆力，十个电话号码只报一遍我就能记住八个；论耐力，上午十点钟的水我可以坚持到第二天晚上八点才……”说着，叶苜蓿自己也不好意思地笑了。

林婉媃当然不会示弱，赶紧回了她一白眼。“叶总监，此刻您嘴角那抹30° 角的微笑，恐怕百度都搜索不到！”

……

“哎，不过沈总还真是帅呀！玉树临风，气宇轩昂，剑眉星目，虎背熊腰，风华绝代，不羁倜傥，还有一身白皙的肤色，健壮的体魄，强而有力的臂膀，外刚内柔的性格，野性中带温柔，忧郁中带放荡，简直就是男性的典范，女性的恩物啊……”不待林婉媃说完，叶苜蓿无奈地挑了挑眉，嘴

角露出一丝苦笑。

“平时让你打个会议通知都做不好，今儿怎么文采灼灼犹如奔腾的河流？”

“他再帅也要泡妞啊，女人再丑也是个妞啊！是妞就有被泡的权利，何况我还生得这么美！他凭啥不泡我？”

人群熙攘的餐厅，林婉媃的大嗓门儿让叶苜蓿有种想遁地的冲动。奈何当初招聘秘书时再也没有别的合适人选，这个与她同校同专业的学妹便顺势上了位。

“每天上下班进出大厦就连一楼的李连杰都给我送来秋天的菠菜。如果你是个男人，和我聊不到三句定会被我的人格魅力所征服，脑海里顿时产生给我写情书的冲动。截至昨晚，我雅虎新浪等一百个电子邮箱已被咱们这栋大厦里各大公司帅哥的情书撑爆了！”林婉媃继续自吹自擂着，叶苜蓿却开始收拾餐盘。

不料桌旁的手机突兀地振动起来，叶苜蓿的目光自然落在来电显示的名字上，她不悦地皱起了眉。犹豫之后，还是放下手中的碗筷拿起手机按下了接听键。

“……我和他七年前就结束了。学长当年不都亲眼看见了吗？那个懦弱和愚蠢的叶苜蓿也早就死掉了。”

是啊，那个懦弱和愚蠢的叶苜蓿试图把自己的情感深深地刻进时间辗转的轨迹里，肆意的疼痛，然后静静地让泪水不可抑制地泛滥直至睡去。假装记忆里的一切只是一个模糊的梦，告诉自己，其实我很好，我什么都记不起、不曾悲伤、不曾疼痛、不曾落泪。

“就这样，我待会儿还要上班，再见学长。”平静的口吻，起伏的胸腔，拿着手机的女人，眼前的世界已然变得模糊与空洞。

如果回忆能冬眠，那么我可不可以不再受伤？

第二章　重逢

好大的雨！

十月的W市总是三天两头变天，刚踏出电梯就看见大厦外的瓢泼大雨，叶苜蓿只好折回一楼大厅内。

无聊地踱到休息区的沙发边，叶苜蓿随手抽出置放在梯架上的一本杂志翻了起来。这是一本时尚消费类杂志，在W市乃至全国都十分畅销，内页上数张典雅女式长裙的精美图片一下子就吸引住了叶苜蓿的眼球。

对此种风格向来情有独钟的叶苜蓿，欣喜的目光顺着图片扫到图片下角一行小字时，原本满是兴奋的眸子顷刻间瞪得巨大，眼睑变得万斤重，瞳孔像是被插入钉子般尖锐地疼，浑圆的液体无声滑落。

最短的咒语，是一个人的名字，是让我们虚弱的来源。此生已经决心自己过，没有你，却又突然看到你的消息。

那行小字写着：墨尔本著名服装设计大师——顾南生。

杂志右下角自然还附了张照片：男人一袭白色休闲套装，神情漠然地伫立在灯火阑珊的街头。他的双手随意地插在裤袋里，身后好像有风吹起了他的衣角。

暮色四合，身影落寞。

街角的道路指示牌上“Melbourne”，再熟悉不过的城市名：墨尔本。突然七年不过一瞬间。叶苜蓿的泪水像断了线的珠子，浸湿照片，没入心底。

亲爱的，你知道什么叫“无能为力”吗？

每一段记忆，都有一个密码。只要时间、地点、人物组合正确，无论尘封多久，那人那景都将在回忆中重新变得鲜明起来。

你也许会说：“不是都过去了吗？”其实过去的只是时间，你依然逃不出想起了就微笑或悲伤的宿命，那种宿命人们就管它叫无能为力。

那些越年轻的事，越变得经不起重拾，原本尘封熟悉的脸渐次褪掉黑白，在某个下着大雨的夜晚重新变得鲜活起来。男人眉目依旧如七年前般清秀，只是多了几分岁月不相见的成熟与沧桑。叶苜蓿紧紧抓着杂志，盯着照片，眼睑低垂，陷入回忆里。

爱情开始的时候，会把天涯变成了咫尺；爱情结束的时候，又把咫尺变成了天涯。曾经以为爱情是人生的全部，最后却发现，那只是我浪费了最多光阴的一部分。

“叶总监，顺带你一程?”

幽幽的冷峻声传来，叶苜蓿猛然回神，警觉般合上杂志，敏捷地用手抹了抹泪湿的脸颊，刚一抬头便对上了拿着车钥匙朝自己走来的沈熙勋那深邃的目光。

“谢谢，不用了。”婉转的声音，淡漠的口吻，强烈的拒绝意味，明白人一听便知。

沈熙勋不再多言，注意到她满布泪痕的双眼，不被察觉地迅速扫了眼叶苜蓿手中紧拽的那本时尚杂志，心里莫名地冷笑了声，一个人径直迈出了大厦。

“亲爱的听众朋友们，欢迎回到正在直播的《越夜越美丽》。今晚的雨夜，有没有让您想起内心深处最想念的某个人呢？秦天陪您一起静静聆听雨的声音，心的声音。”

一曲完毕，的士车载电台音箱里男主持人沙哑的嗓音缓缓地在安静的电波中回旋，如同傍晚海浪拍打海岸的声音。

“刚才有听众朋友问我有没有想念的人，呵呵，我想每个人心底都会存在这样一个人吧。正如故乡是用来怀念的，青春是用来追忆的，当你怀揣着它时，它一文不值，只有将它耗尽后，再回过头看，一切才有了意义——爱过我们的人和伤害过我们的人，都是我们青春存在的意义。”

“秦天哥，如何才能忘掉心里那个想念的人呢？我爱了她整整十年，可她却不曾正眼看过我一次……”有听众的热线被接了进去。

充满磁性的嗓音继续通过电波传出，“这位朋友，世事岂能两全呢，尤其是爱情这种捉摸不透的东西。其实我也曾想过，为何人世间的感情不能像打地基一样，挖一个坑，就立一个桩，所有的坑都有它的那根桩，所有的桩也能找到它的那个坑，没有失望，没有失败，没有遗恨，永不落空。那个人来过，你爱过，你努力过，得之是幸，不得是命……”

只是，年少时的我们如何会相信会有得不到的宿命。叶苜蓿在心底叹息着道。

这样的雨夜，这样的音乐，这样的声音，城市的灯火在朦胧的雾色里闪烁，车窗玻璃上印着女人半张透明的脸。叶苜蓿摇下小半截车窗玻璃，寒风混着雨水倒灌进来，飘进泛酸的眼睛里。或许唯有这片浓重的夜色才能听见她喉咙里的哽咽，酸酸的、满满的，胸口起伏得好像快要无法呼吸。

所谓的“缘分”大抵是存在的。缘灭时，你只看到他在一群人里；缘起时，一群人里，你只看到他。

南生，你知道吗？

七年前的圣诞节，当我一个人回到C市，孤单地走在晚自习后人潮汹涌的校园内，看见一个男孩的背影特别像你时，神情瞬间恍惚了。

我忽然发现，自己还是那么地深爱你。

你知道那种感觉吗？就像是做了一场无比拖沓无比冗长的梦，身心俱疲，皮肉下的每个关节都在痛，可是却清楚地知道，我仍忘不掉你。

南生，你曾拥着我，一脸认真地对我说：“苜蓿，我希望你快乐和幸福。”可，没有了你，我还怎么快乐，还怎么幸福呢？南生，你离开之后，世界上每一张脸都已不再是你，世界上每一张或严肃或无赖的面庞，却都惟妙惟肖地像着你。你能不能告诉我，要有多坚强，才敢念念不忘？

漫天倾落的雨水像发线，细细的、密密的，在叶苜蓿满目疮痍的心脏里暗暗涌动，叫人心中沁出一股记忆觉醒时的创痛。

很多事情我永远都想不通，想不通为什么一转眼，你就不是我的了。

南生，你是真的回来了吗？

思绪凌乱地结成一张网，回忆如困兽。越挣扎越紧密，疼痛阵阵。脸色苍白的女人拖着湿漉漉的身体进了小区，连的士司机在身后喊她找零钱都没有听见。

一辆银灰色宝马车跟在她身后已经一个多星期了。盯着消失在楼道拐角处的单薄身影，车厢内男人脸上的情绪复杂变化。

在W市这座日渐繁华、物欲横流的城市里，写字楼里的白领们日子一天天过得跟复制的似的。市中心的房价又涨了、开发区又入驻了大企业、某明星×月×日举行歌友会……

咚咚，沈熙勋听到敲门声，从办公电脑的新闻页面前抬起头来，“请进。”

盯着走进来的叶苜蓿，男人俊俏的眸子里又生出一阵寒光来，“叶总监，你是不是对我有意见？”沈熙勋并不去看叶苜蓿放在桌面上的文件，声音冷冷地问。

“沈总，没有别的事的话我先出去工作了。”叶苜蓿径直忽视掉他的问题，转身向办公室门外走去。

“叶……”话未说完，手边的手机却突然响了起来，沈熙勋只好作罢。

夜幕降临，市区某高档西餐厅布置精致的雅座内，风姿犹存的中年女人优雅地搅动着眼前一杯咖啡。

“姑姑，您怎么突然回国内来了？”

“你不也到策皇都快一个月了吗？”温婉平和的语气，却又能让人听出其中的不悦。

“那几天您正好在南非出差，抱歉我未能及时告知您。”男人语气诚恳道。

“阿勋，你跟姑姑说实话，你进策皇仅仅是因为想回来在国内发展吗？”

“是的。”沈熙勋不假思索地回答，但眼里一闪而过的犹疑还是被江黎岚捕捉到了。

“阿勋，我是看着你从小长大的，如果你真的只是想回国内发展，那为何非要来W市，又为何非要去苜蓿所在的公司呢?”

“策皇的赵董事长爽快地给了我两百万元聘金，我不可能拒绝。您知道的，我需要钱。”沈熙勋的眼神黯了下来，没有了以往的犀利与尖锐。

“阿勋，你还是不愿意接受姑姑的帮助吗?”

“谢谢您，我想依靠自己的能力让妈妈早日康复过来!”

“那……你，你能不能不要去伤害苜蓿?”

“我做不到!”

餐桌上男人的手慢慢收拢握成了拳，手指关节因为太过用力而变得苍白起来。每次交谈过后，他依然仇恨，依然固执，依然想要报复。

殊不知，这是一个没有出路的出路。终有一天，他会明白，没有什么是过不去的，只是他一直站在那里不肯走。

“唉!”看着眼前固执如初的沈熙勋，江黎岚重重地叹了口气。

在快节奏的W市，日子过得跟复制似的。一天说长也长，说短也短。打开文档一天开始了，关掉文档一天结束了。

赶完某个产品的策划方案出来，经过总经理办公室时瞧着里面没人，叶苜蓿不禁心里暗暗嘲讽了声，然后下了大楼上了的士，全然没有察觉到身后那辆银灰色宝马一路尾随她到小区大门，直到看见她上楼后才打转方向盘消失在夜色茫茫的车流里。

叮的一声，电梯楼层显示器从“1F”迅速跳到了“4F”。从电梯里踏了出来，叶苜蓿就着楼道里不太明亮的灯光隐约看到自己房门外伫立着一抹身影。

顾南生穿着白色休闲装，眉目紧锁，双手插在下衣的口袋里，像极了从那本时尚杂志中走出来的人。听到了电梯门开启的声音，他转过头来也看见了站在身后不远处的叶苜蓿，愣了几秒后便大步走了过来，一把拥她入怀。

男人身上的香水味刺激着叶苜蓿身体里那根叫作“思念”的敏感神经，可她只想拼命地挣脱他的怀抱，却又感觉到他抱自己更紧了。

“顾先生，请你放开我，放开……”

女人歇斯底里地捶打着顾南生宽厚的胸膛，换来的是男人更大力道的拥抱，仿佛想要将她深深嵌入自己的身体里，怕这一放手不是又一个七年，而是一辈子。

“我知道，你还在恨我。”

过了许久，顾南生喃喃地吐出这几个字，如鲠在喉。明

知怀里的女人在用力地反抗，若有若无的一声叹息后，他无奈地松开了自己的手。

没了方才透不过气的拥抱，女人一下子瘫软倒地。毫无征兆地，大颗大颗的泪珠从眼角滑落。叶苜蓿低头抽泣着，泪水沉重地砸在走道里灰暗的地板上。

她好像要把这七年里所有的等待，所有的期盼，所有的想念，所有的牵挂，所有的委屈，所有的爱，所有的恨，这一次全部地、完整地、彻底地哭干、哭净、哭透。汹涌的泪水很快湿了脸颊，带着浩浩荡荡的磅礴气势浸透、腐蚀掉所有的过往。

和顾南生沧海桑田的爱情，那些回忆都被时光慢慢拆下来，一幕幕在叶苜蓿心里不断上映。最终鲜血淋漓，物是人非。就像此时叶苜蓿的眼泪，一滴一滴包裹、腐蚀顾南生空洞的躯壳。世上最凄绝的距离，是两个同在一座城池里原本彼此相爱的人，如今中间却横亘着七个年华永远不可能倒带的距离。

“南生，你有多久没有回你的家乡了？”一次墨尔本同学聚会上，有位美籍华人朋友无意中问了顾南生这个问题。

“南生，我们在墨尔本不是过得很好吗，怎么突然想回W市呢？”聚会结束后，惊慌失措的许良辰不安地问。

“只是想回去看看。”南生站在房间的窗户边，久久地凝视着楼下喧闹的街。生活了七年的城市，却从未让他有过一丝归属感。

“真的只是想回去看看？那我们还回墨尔本吗？”许良辰始终不敢问出这个问题，以及那个被他们彼此之间默契地尘封了七年的名字。

嗯，只是回去看看……看看而已……顾南生没有再说话，唯有在心底自问自答般。见顾南生心意已决，许良辰默默回了自己房间收拾行李。

“南生，安顿好了吧？良辰也和你一起回国的？”刚入住酒店行李还来不及放下的顾南生，接到了一个熟人的电话。

“嗯，你这些年过得如何？”电话那头是顾南生的学长，欧阳奇瑞。

“马马虎虎，你这次回来待多长时间？”

“还不清楚……”

“南生……我想我还是告诉你吧。”

“嗯？”

“叶苜蓿也在W市。”

“她还好吗？后来……”极力压制了胸腔起伏的情绪，顾南生装作不经意地询问。

“南生，七年了，她也重新开始生活了，你就不要再去打扰了。”欧阳奇瑞打断了顾南生的话。他是他们俩的学长，见证了他们的悲欢与离合。想着给叶苜蓿打去的那个电

话，告知她顾南生回来了。“……我和他七年前就结束了。学长当年不都亲眼看见了吗？那个懦弱和愚蠢的叶苜蓿也早就死掉了。”听到电话那头叶苜蓿看似平静而决绝的口吻，但以自己对她的了解，她其实也并未放下吧。

“总要亲自做一个了断。”欧阳奇瑞无奈地摇了摇头，将一个地址报给了顾南生。拿到叶苜蓿的住址，欣喜若狂的顾南生还来不及放好行李，便急忙奔出了酒店。

直到真切地看见了眼前的人，拥抱了眼前的人，顾南生才明白自己不只是想回来看看而已。当从电话里听到欧阳奇瑞说出“叶苜蓿也在W市”时，顾南生的心像是死灰复燃般。此刻，看着跌坐在地上哭成泪人的叶苜蓿，他胸腔内那颗小小的核状物体剧烈地疼。

久别重逢的恋人，没有寒暄，没有交流，两个人就这么僵持了许久，楼道里的空气凝结成一个庞大的压抑的囹圄。那，究竟又是谁囚禁了谁呢？

外面的雨又淅淅沥沥下了起来，十月的雨总是叫人心中沁出一股记忆觉醒时的创痛。顾南生双手紧握着拳头，指甲深深地嵌入掌心的肉里。

有些人，一旦遇见，便一眼万年；有些心动，一旦开始，便覆水难收。

叶苜蓿，如果说后悔可以杀死一个人，那我已经为你死掉多少次了呢？

早会走神，打翻茶水杯，助理敲门半天没听见，策划案没有好的想法……今天好像一直不在工作状态，是因为昨晚在楼道里和他再次重逢了吗？那个令自己朝思暮想了七年的人，在表面上波澜不惊的叶苜蓿心里还是掀起了一场排山倒海的风暴。

——原来还是没有忘掉他。

目光呆滞地熬到了下班时间，控制不住地拿出手机。烂熟于心的号码，不知道是否已成空号。犹豫了半个小时后又将手机放进了包包里，叶苜蓿伸手拦了辆的士。

从酒吧出来的时候，叶苜蓿已经醉得不省人事，胃里剧烈翻涌的她蹲在路边呕吐起来。神情恍惚地对着手机胡乱按了一通，拨了出去。

嘟的声音在耳际突兀地响起，“喂，你好……”话筒那边传来女人慵懒而动听的声音。出乎意料，却又在情理之中，叶苜蓿强忍住胸腔的恶心感，紧握着手机僵在了原地。仿佛几个世纪都从她身边呼啸着过去了，她却听不见任何回响。

“良辰，是找我的吗？”接着又传来一抹好像很近又好像很远的男声。

“……请问找谁？”许良辰见迟迟没人回应，朝身边正在查资料的顾南生摇了摇头，挂断了电话。

后来，他们是真的在一起了吧!?

胸腔内那颗细小的核状物体剧烈地疼，所谓的万箭穿心也抵不过如此。

一颗泪从眼角垂直滑落，消瘦的身影在凌晨寒气逼人的街头紧紧地缩成一团，叶苜蓿终于任自己在灯火阑珊处，痛哭失声。

顾南生，我不是一定要你回来。

叶苜蓿做梦都没有想到自己还会再次碰到李茉莉。

周三晚上策皇市场部主任庆生，一群红男绿女在酒吧贵宾区玩得不亦乐乎。这盘游戏又输了，正仰面痛快喝掉第二杯罚酒的叶苜蓿突然注意到有两个打扮妖艳的女人向她走了过来，眼里迅速闪过一丝不悦。

“叶小姐，这世界可真小啊，没想到我回W市遇见的第一个人竟然是你!”

有生之年，狭路相逢，终不能幸免。“这不是前任策划总监尹浩的太太吗……”席间策皇的一位老同事惊讶地窃语道。

“表姐，当年是不是就是这个女人勾引的表姐夫?”另一个口红抹得跟猪油般厚的女人以蔑视的眼神全身上下扫了扫叶苜蓿。

“老女人，嘴巴放干净点儿!”坐在叶苜蓿旁边的林婉婇刷地站起身来，怒火冲冠。所以，永远不要相信名字听起来颇具文静气质的女人就一定很温柔贤淑。

“尹太太……”

话未说完，一杯红酒迅速泼了过来，叶苜蓿没来得及躲闪，红色的液体扑面而来，顺着她的发丝一滴滴淌了下来。

“这是赏给你的，呵呵……”李茉莉放下酒杯，嘴角勾起一抹嘲讽的笑意。

众人还没有反应过来，“敢动我学姐，我看你是活得不耐烦了！”林婉媃端起另一杯红酒朝着李茉莉泼去，却被她躲过了。

“师母……”身后突然传来一个男人的声音，叶苜蓿听了顾不得眼前的狼狈，心就重重地沉了下去。如果此刻有个洞穴可以让她钻进去，哪怕是十八层地狱，她也会毫不犹豫地纵身一跃。

“南生！”李茉莉侧过身来看到走近的男人，嚣张的神色顿时变得尴尬起来。

一同走上前的许良辰一眼就认出了被李茉莉泼了红酒的人竟是叶苜蓿，挽着顾南生胳膊的手倏地就落了下来，一时间不知所措。顾南生没有想到会在国内碰见自己在墨尔本大学导师的妻子，不经意地顺着李茉莉的方向看了过去。

苜蓿！

两人目光刹那交会，继上次在她的住处无奈离去后，尽管只过去了几天，却感觉时间漫长得像过去了好几年。感受到了顾南生投来的目光，叶苜蓿平静地捋了捋垂在脸颊旁被红酒浇湿的发，心中只有一个念头：离开这里。

现在！必须！马上！

叶苜蓿猛然起身，不顾身后被衣摆带翻的酒杯，奔出了酒吧。顾南生愣了几秒急忙追了出去，许良辰看着两人相继离去的背影，原本温柔如水的眸子里很快便浮上了一层浓雾。

顾南生，你真的只是回来看看吗？是看看家乡而已，还是更想看看曾爱过的人呢？

叶苜蓿，你还是那么轻而易举就带走了他的心。

刚跑出酒吧大门，撞上了迎面而来的人。“啊……”叶苜蓿吃痛地抬头，看清了眼前撞到的人后语气恳求道：“阿泽，快带我走！”声音里充满了沉重的水汽。

从欧阳奇瑞那里得知顾南生回国的消息，苏泽就按捺不住了。原本就不想参加为顾南生接风洗尘的聚会，可听到欧阳奇瑞说聚会的酒吧名时，苏泽焦急得简直抓狂。

因为早上约苜蓿吃饭，苜蓿说单位有聚餐，地点就是在这家酒吧。因为放心不下，害怕两人重逢的苏泽驱车赶来了。看着奔出酒吧，冲入自己怀中的叶苜蓿眼眶红红的，湿漉漉的头发上全是刺鼻的红酒味儿，苏泽心里猛地抽疼。

他们果真碰到了！

想到这里，苏泽的心倏地沉了下去，拥着全身颤抖的叶苜蓿上了自己的车。尾随追出酒吧的顾南生，看着车子消失的光影骤然停住了脚步。

那些被时光所放逐的岁月，逐渐长成了一根刺，深深地扎进他的心里。就像有些话，久了，如同卡在喉咙里化不了也吞不下的鱼刺，“苜蓿，你连见都不愿意见我吗……”

车厢内，女人无声地抽泣着。泪水已然湿了胸前的衣服，混着红酒的污渍。时间是怎么样爬过了她的皮肤，只有她自己最清楚。

那些回忆被时光慢慢拆下来重新一幕幕拼凑在心里，鲜血淋漓，物是人非，世事变迁。是不是他们都是无法给彼此未来的人，彼此都已经丧失爱和被爱的能力，是两个被时间摧残得面目全非的残废的人。

叶苜蓿曾经以为自己可以为爱情死。其实爱情是死不了人的，它只会在人最怕疼的地方扎上一针，让人欲哭无泪，辗转反侧。但你不是风儿，我不是沙，再缠绵也到不了天涯。原来我们每个人最终都只能自舔伤口。

可，顾南生，我还爱你，这是我的劫难。

“去我那好不好？”苏泽听到身边女人的抽泣声，忍不住开了口。

然而，副驾驶座上的女人却是木然地摇了摇头，苏泽只好将车掉了个方向。就好像心里也跟着方向盘被扭拧了一

下，愈加变得难受起来。

到了小区楼下，女人失魂般独自走进小区，没走几步又木讷地回过头来朝身后的苏泽神情恍惚地说：“谢谢你。”落寞的声音定格在寒气逼人的秋夜，在苏泽的心头久久散不去。

苜蓿，你是不是还没有忘掉他，所以他一回来你就兵荒马乱了？

仰望着四楼那个房间的灯亮起，伫立在楼下的苏泽紧皱着眉。他凝视着那个很快又熄了灯的房间在心底问自己：叶苜蓿，你是不是在我的眼睛里投了毒？

好像从大学那次迎新礼堂的遇见开始，他便中了毒吧，奈何这些年叶苜蓿眼里只有一个顾南生。嘴角勾起苦涩的笑，苏泽步伐沉重地转身出了小区。

小区楼下露天停车场的阴影里，车内的男人双手紧握，指节泛白，脸色比深浓的夜色还沉重。他将这一切不动声色地看在眼里，凌晨刺骨的寒风吹过却感觉不到丝毫的冷。

深秋的夜，叶苜蓿的睡眠一向很浅。

许是怕冷的缘故，她起身套了件大衣想去楼下二十四小时营业的便利店买杯热咖啡。房门刚一拉开，一个高大的身影携着一阵室外的寒风迅速钻了进来。

来不及大声呼救，来不及辨认何人，带着浓烈酒气的吻便毫无防备地覆了上来。是她经年怀念的薄荷的味儿，叶苜蓿的心又重重地沉了下去。

男人粗重的呼吸，疯狂的蹂躏，结实的大手倏地探进了她还未裹紧的上衣领口。叶苜蓿刚感到一丝凉意，却又被男人的唇舌霸道地吞噬，不留一丝空隙。

“是想强暴我吗？”叶苜蓿冷冷地吐出这几个字，极力压制下自己凌乱的气息。

顾南生听了，撕扯肩带的动作一滞，潮红的脸色变得惨白，双手不由得停了下来。良久，才听到他的喉咙传来闷响，“对不起……”

对不起，这三个字在叶苜蓿脑海里打转了整个上午，一大早林婉媃送进来的资料还停留在第一页。

“叶总监……”前台的电话接了进来，“你昨晚没事吧？”

林婉媃小声探寻道，早上开了一早的会议没有逮到时间，只好趁着现在一点儿空闲借着工作的名义打了电话进来。其实也是自己八卦，为何眼中这位能干的学姐，会被说勾引前任策划总监，还被当众泼了红酒。

“没事。”叶苜蓿口吻淡淡地回，并不愿意多说。

“你为什么不躲？”

“这是我欠她的。”简短的几个字却带着深深的惆怅。林婉媃听了，倏地语塞，想要安慰却又不知道该说什么。

“没其他事的话赶紧工作。”刚挂掉电话，铃声又响了起来，叶苜蓿皱着眉头拿起了话筒，“林！秘！书！”

“呃……前台有人找，你男人！”林婉媃在电话那头怪笑了一声。

装修精致的休息室内，苏泽开口道：“昨晚遇见他了？”眼前的女人精神恍惚，许久才点了点头。

“苜蓿，你还是忘不掉他吗？”

其实苏泽是知道答案的，从七年前顾南生离开后，他鼓起勇气向叶苜蓿第一次表白被拒绝他就知道，尽管最后她还是答应做了自己的女友。但如今那个人回来了，他全身马上有种被危机包围的恐惧感，于是就更迫不及待地想听她亲口证实。

沉默了一杯咖啡的时间，叶苜蓿平静地起身，“我手上还有个策划要处理。”

第三章　纠缠

接到许良辰的电话，叶苜蓿并不感到意外。

W市的夜幕降临，亚贸大厦内咖啡厅的灯火分外柔美。“苜蓿，这几年过得还好吗？”许良辰放下咖啡杯，有些不自然地寒暄道。

不受控制地回想起七年前令自己觉得反胃和肮脏一幕，叶苜蓿不由得嘴角抽动了下，“有什么事，直接说吧。”

“苜蓿，你能不能放过南生，我真的很爱他。”

“我放过他？”叶苜蓿冷冷地嘲讽道。

“况且……我和南生这次回W市是为了见他父母商量结婚一事的。”许良辰见叶苜蓿不语，故意用修长的手指撩了撩耳边并不凌乱的发丝。

想起那两个记忆深处慈祥的脸孔，叶苜蓿不是不感到悲凉的。“那祝福你们。”如许良辰所愿，叶苜蓿注意到了她无名指上的那枚戒指，散发着刺眼的光芒。

“再见。”叶苜蓿迅速丢下这句话就夺门而出，怕晚走一步泪水就要决堤。

苜蓿，对不起……凝视着踉跄离去的身影，许良辰在心里黯然道。七年前已经错了一步，如今也只能继续错下去。因为，对一个人的爱不是说错就能停止的。

叶苜蓿强撑着踏进电梯，还是一个重心不稳便倒了下去。

“醒了？”叶苜蓿醒来的时候眼前一片白色，空气中夹杂着药水味，以及苏泽紧皱的眉头。

叶苜蓿缓缓地睁开了眼睛，温暖的手掌朝着她的额头覆盖过来，“没什么大碍，你只是太累了。”

“阿泽……”正想说声谢谢，却看见两个穿着白大褂的男人走了进来，“叶大美人，你终于醒过来了，不然某人就要抓狂了！”蒋杰调皮地眨着眼睛笑道。

程俊不顾苏泽眼里投过来的寒光，附和道：“我看某人已经抓狂了吧！”苏泽是W市中心医院的医生，蒋杰和程俊是他的同事，三人都是C大医学专业毕业，所以对叶苜蓿很是熟悉。想着当年苏泽向自己告白，他们出了不少点子。

“不好意思，又给你们添麻烦了！”叶苜蓿愧疚地低下头来，歉意道。

待输完液，叶苜蓿准备回公司继续上班，苏泽知道她的倔性子便没说什么，只嘱咐她多注意休息就送她上了车。

“工作别太拼！”

策皇会议室内，新来了一位客人——米唐企业的广告总监。一袭红色大衣的谢谷雨，从容优雅地拿出一份资料递到叶苜蓿面前。

“你好叶总监，这是出席我们公司成立十周年庆典的嘉宾名单。”虽然之前签合同时只打过一次照面，但对于精致的女人，叶苜蓿还是印象深刻的。“谢总监不客气！”

“我们公司米总和唐总都希望庆典当天能够给出席嘉宾赠送一款比较特别的礼物作纪念，叶总监可是策皇的招牌策划师，有什么比较好的想法呢？”

谢谷雨未开口便已是笑意盈盈，话虽说给叶苜蓿听，但眼睛却始终盯着总经理座位上的沈熙勋，明眼人瞧着就知此中颇含一番不寻常的意味。

叶苜蓿打开名单，发现所邀请的嘉宾不外乎是W市各大名企的老总，设计领域的精英及其他领域的佼佼者，甚至W市数位显赫的政要人物也在被邀请之列。当然，作为策皇外聘的MBA精英，沈熙勋的大名也在其中。

“据我了解，11月5日不仅是贵公司上市十周年庆典，还是贵公司米总和唐总结婚十周年纪念日。作为设计领域的模范夫妻，那我们不妨邀请出席嘉宾也携带上自己的爱人前来参加庆典，并且赠送由米唐特地为此次庆典设计的限量版情侣手套。”

“叶总监，这个想法太好了。庆典举行的时候也已初冬，手套正是冬季必备品。如果将米唐设计的限量版情侣手套赠送给各位来宾，一来既可显示米唐的专业设计能力，二来又表达了米唐对客户的体贴关怀。”

“情侣手套可以寓意为‘执子之手，与子偕老’。”叶苜蓿补充道，一旁的沈熙勋也眯起冷峻的眸子赞许般点了点头。

“不好意思……”会议开到一半，谢谷雨离开会议室接了一个电话。不到一刻钟，她又返回了会议室，“抱歉，刚一个朋友打来电话，我想由他来设计米唐这次庆典的情侣手套再合适不过了。”

“谢总监推荐的人选，自然没话说。”座上，众人应和道。

“我已经请他过来了，正好也借着今天这个机会介绍大家认识下。”

半个小时后，会议室的大门被推开，一袭黑色西装的男人在林婉媃的引领下走了进来。

“沈总、叶总监，这是我的朋友，顾南生。”

谢谷雨话未说完，沈熙勋主动上前，友好地伸出手来，“顾大设计师，久仰久仰，您的作品可是世界闻名啊！”

“我不过是个学设计的，倒是沈总的才华着实让人敬佩，短短一个月时间就让策皇业绩更上一层楼。”

两人互相客套着，站在一旁的叶苜蓿自会议室的门被推开，看清来人后便慌了神。望着眼前沉稳、客套的男人，她心里一片复杂。这眼前的人怎会变得如此陌生？七年前的他，可是一副让她既发笑又百般无可奈何的脸孔啊。

火那么壮大，水却湮灭它；水那么壮大，土却掩埋它；土那么壮大，风却吹散它；风那么壮大，山却阻挡它。人那么壮大，权利、生死、爱恨、名利却动摇他。权利、生死、爱恨、名利那么壮大，时间却消磨它们。如果不是耳畔的声音尚算熟悉，她真会觉得眼前如此善于交际的男人不是顾南生，她的顾南生还远在墨尔本。原来，时间才是最伟大的雕刻师。这么想着，叶苜蓿不禁变得失落起来。

“这位是策皇的策划总监，叶苜蓿，做过不少优秀案子！”谢谷雨介绍着。

“你好，叶总监。”顾南生温和地笑着伸出手来，叶苜蓿沉浸在自己的思绪里迟迟没有回应。她溢满雾气的瞳孔空洞得让人不寒而栗，沈熙勋将这一切不动声色地看在眼里：原来他就是……呵，旧情人碰面，日后多的是好戏。

“我们坐下来谈。”谢谷雨也看出了叶苜蓿的反常，却也没多说什么，转而邀请顾南生落座。

“南生可是墨尔本的大牌设计师，今后还得麻烦沈总和叶总监多多关照了，米唐的庆典也拜托各位了！”

整个下午，办公室的门紧紧关闭着，叶苜蓿的心却开了

一道口子，听不见会议内容，看不清在场人员，只是一个人沦陷在回忆里，无法自拔。

傍晚，富丽堂皇的W市大酒店，踏入包间后的叶苜蓿还未从回忆里走出来。“叶总监，不舒服吗？”谢谷雨落座后，亲切地拽着她的手问。

“呀，手怎么这么冰？”

叶苜蓿尴尬地缩回了手，“不好意思，可能衣服穿少了吧。”

“叶总监，晚宴就不用你陪着了，你就提前回去休息下。”沈熙勋望着一旁的顾南生道。

谢谷雨也赶忙赔礼：“真不好意思，这段时间叶总监为庆典的策划方案忙坏了。那沈总，要不咱们改天再聚？”

“没大碍的，谢总监和沈总好好聚聚，请允许我先退场。”叶苜蓿婉拒了谢谷雨的好意，站起身来弯了弯腰，歉意道。

“这么晚坐车也不方便，我有开车来，还是我送叶总监回去吧。我一俗人也不喜欢参加饭局，沈总和谷雨的盛情我领了，改天我做东。”

“那就劳烦顾大设计师了，下次再聚。”沈熙勋上前与顾南生握了握手道别，眸子里闪过一丝不为人察觉的笑意。

迈出酒店大门，脚步匆忙的叶苜蓿快步下了台阶，站在马路边欲招手拦辆的士，谁料每辆都已有客人。

一束车灯光打过来，叶苜蓿下意识地眯起了眼睛，看清摇下车窗的男人后，她转身向一旁走开。沿着冷清的街道向前走，W市入夜后气温很低，叶苜蓿不禁打了个寒战。身后的车子减慢速度，紧紧跟着她。

“先上车好吗？大晚上的外面冷！”顾南生看见双手环抱住自己的叶苜蓿，担忧道，声音很是温柔，完全不像下午在会议室那副生疏模样。

叶苜蓿停下脚步来，正想拒绝，不料身后传来一阵喇叭声，后来车辆不满顾南生在半道上停车，阻拦了他们的去路。“上车吧，这里不好停车。”

车内的温度比外面高不少，叶苜蓿感到了扑面而来的暖意。顾南生默默地将车内空调调高了几个档。他几次嘴角动了动欲开口说话，却又不知说什么才好。

“晚上你也没吃，一起吃点儿？”看到路边一家粥店时，顾南生将车子停了下来。

“不用了，我还得回家。”

“苜蓿，你……你就这样讨厌见到我吗？”顾南生的声音突然变得低沉起来。

入座后，有热情的服务员持着菜单上前来，“来两份瘦肉皮蛋粥，再来……”

叶苜蓿盯着窗外浓重的夜色，有对情侣相拥着经过粥店外的玻璃窗。听到顾南生在点单，叶苜蓿回过头来打断道，

“一份就够了，我不吃瘦肉皮蛋粥。”

“不……不是，你大学不是最爱……”顾南生惊诧道，他记得大学期间叶苜蓿最爱吃的就是皮蛋瘦肉粥。尤其是冬天，他常常起得早早地去食堂帮她打包，去晚了就没得卖了。每次看她满足地吃完一大杯，顾南生觉得自己再冷起床排队也是值得的。

“人都是会变的，大学喜欢的不代表一辈子都喜欢，你不也一样吗?”叶苜蓿用力压制着心底翻涌上来的潮湿，不至于让自己看起来有异样。

听出了叶苜蓿话里有话，顾南生想着这七年风还是一样地吹，花还是一样地开，太阳还是一样地升起，可有些事情已经变得不一样了。

“我知道，是我对不起你。”顾南生将头埋进耸立的衣领里，叹息道。

“人总是往高处走的，都过去了不必再提。”叶苜蓿蓦地笑了起来，像是释怀，又像是嘲讽。她终于相信，让人难过的事情，有一天自己会笑着说出来。

一顿饭吃得索然无味，回去的路上两人再也没有说过一句话。到了小区门口，叶苜蓿自顾自地解下安全带，没有表情地道了声“谢谢”后推开车门下了车。

“苜……”随之下了车的顾南生还未来得及开口说什么，便瞥见小区门口突然出现了一抹身影，虽不清晰，但轮廓体型顾南生还是认得的——酒吧那晚带走叶苜蓿并送她回家的男人。

“手机没电了吗？”男人三步并作两步走了过来，语气担忧地问，然后迅速解下自己脖颈上的黑色围巾紧紧地缠绕在叶苜蓿的双肩上。

“你怎么来了？”叶苜蓿看着眼前为自己戴围巾的苏泽，注意到他冻得通红的鼻子，有些心疼，但没来由地觉得不自在，明显感到身后有目光直直盯着她和苏泽的一举一动。

“打你手机一直关机，不放心就过来了。”

越过叶苜蓿的身影，苏泽看见了顾南生，他也认识顾南生，早在C大的时候。见到这个让叶苜蓿日夜牵挂，即使出了国，仍让叶苜蓿无法忘掉的男人，哪怕这个男人背叛和抛弃了她。

“谢谢你送苜蓿回来。”苏泽主动打招呼道。

叶苜蓿围上了带着苏泽体温的围巾，有了更多的暖意。

目睹了两人如此亲密的举动，便知定不是普通朋友，顾南生心里不由得开始抽痛。

“阿泽，这是我们公司一个庆典方案请的设计师。”听到叶苜蓿这般介绍初恋男友，苏泽眸子里闪过一丝惊诧，同样惊诧的还有顾南生，他没料到心爱的女生如今对自己比一般人还要陌生。

“你好，顾先生。”苏泽礼貌地伸出手，眼神复杂。

“顾先生，这是我男朋友，苏泽。”没有半点儿停顿，像是相爱多年的恋人般，叶苜蓿极其自然地向顾南生介绍苏泽。

男朋友？

一直以为人是慢慢变老的，其实不是，人是一瞬间变老的。顾南生如同被雷劈，木然愣在了原地。原本英俊的侧脸，在凉如水的黑夜倒影里，瞬间苍老了好几岁。

如果不是听到曾同在墨尔本进修过的学妹谢谷雨说正在和策皇合作，如果不是因为提前打听到叶苜蓿在策皇工作，顾南生也不会在谢谷雨邀请他担任庆典赠品设计时毫不犹豫就答应了，更不会迫不及待地赶去策皇会议室。

寂静的小区门口，只剩他一个人伫立着，孤单的身影被寒冷的夜色拉得好长好长。目睹着相拥的两人一同迈入小区，一同上了电梯，四楼某个房间的灯亮起，窗帘被拉上……

蓦然间，顾南生才发现，原来，他一生的种种努力，不过只是为了让周遭的人对他满意而已。为了赢得人生的成功，为了博得他人的赞许与微笑，他不惜放弃了深爱的女人，与自己不爱的女人出国熬了七年，战战兢兢地将自己套入所有的模式所有的桎梏中。走到最后才忽然发现，自己只剩下一副模糊的面目，和一条不能回头的路。

“顾南生，你能比过我？你连出国留学的资格都没有！”

在C大时，面对同班同学的叫嚣与嘲讽，顾南生不甘心。他不愿被踩在脚下，他不相信凭借努力比不过家世显赫的同学。是这样吗，一步一步想要出人头地，自己的人生才错乱到如此地步？

叶苜蓿，如果当初我能坚定地和你在一起，会不会有不同的结局？你会不会也有千言万语，深埋在隔离了七年的岁月里？我知道假设是一种愚昧，但这一生容我自欺一回。

“苜蓿，如果我说我还爱着你，你会相信吗？你会回到我身边吗？”

关了灯的寂静房间内，黑夜暗自流淌。苏泽向乳白色薄纱倾泻的窗边走去，发现楼下那抹孤单身影依然伫立在原地。

“他还在。”回头瞥见蜷缩在沙发上抱着抱枕一言不发的叶苜蓿，苏泽道。

“对不起。”她缓缓地开口，掩饰不住地哽咽。想着眼前这个陪伴了自己七年的男人，叶苜蓿心里变得愈加难受起来。

“不用跟我说抱歉，我尊重你的每一个决定，只要你幸福。但，我也不会放弃任何能够让你幸福的机会。”看着哭成泪人的女人，苏泽坚定地说道。

十年了，喜欢她十年了。那么深刻地喜欢着，爱着一个人，总好过麻木一生，不与任何人擦出火花。爱过、温暖过、幸福过，即使没有被爱着的人真心爱过，遗憾中还是有甜蜜，还是有快乐的。毕竟，爱情不一定是两个人的事情。

那是在C大的迎新晚会上，因为顾着画一幅风景画姗姗来迟的苏泽，赶到礼堂的时候已可说是座无虚席。四处望去，一排排寻找，终于看到最后一排有个空位置。

“同学，请问这个位置有人吗？”

戴着粉红耳塞的叶苜蓿一边看着小说，一边听着MP3，没有听见有人问自己。

“同学，请问这个位置有人吗？”苏泽捺着性子继续询问，不料女生做贼般突然将小说收起迅速藏至身后，抬头对上苏泽陌生的目光。“晕，吓我一跳。”

“不会以为我是辅导员吧？哈哈……都大学了怎么还跟高中生似的。”苏泽笑了起来。

叶苜蓿并未理会，重新拿出小说继续埋头津津有味地看了起来，没过几秒像是想起什么似的，又抬头对身边的男生道：“这个位置有人，你找别的位置吧。”

“哦……”苏泽失望地应了声，却并未离开。因为他注意到女生看的小说居然是自己最喜欢的《倚天屠龙记》。“怪不得图书馆借不到，原来……”

“同学，你也喜欢看金庸啊？”苏泽自顾自地在女生旁边的空座位上坐了下来。

“我说了这位置有人，你……”

“这样吧，你把小说借我，我位置让给你。”

“不好意思，小说是我先借的，位置是我先占的。”叶苜蓿瞪着有些怒气的眸子，不满地盯着身边讨厌的男生。

她慌张藏起小说的姿势，她生气时噘嘴的模样，苏泽看得入了神，第一次体会到了什么叫作心动。

那些偷偷爱着叶苜蓿的时光，是苏泽这些年来一个人的成长，一个人完整的爱情。

第四章　名字

又是一周繁忙的工作，转眼便到了11月5日。

下午灯火辉煌的米唐公司外挂满了庆典横幅，楼下大门口也摆满了喜庆的各式花篮："热烈庆祝米唐公司成立十周年""米唐，To Be NO.1"等等字眼充斥着叶苜蓿的眼。人群拥挤，乐队奏鸣，礼花漫天，嘉宾陆续入场。

悠扬的曲子弥漫着整个大厅，巨大的彩灯球悬挂在会场天花板上，特色的美食佳肴摆满了餐桌，女仆装扮的美女服务员端着果盘微笑着穿堂而过。叶苜蓿远远便看见谢谷雨挽着一位西装革履的中年男人正陪着一位来宾交谈着什么。

她细细打量起谢谷雨来：一身乳白色低胸晚礼服，优雅的百褶裙完美地衬托出她曼妙性感的身材，一串珍珠玛瑙项链温婉地挂在白皙的脖颈上，露出十分性感的锁骨。如同一只优雅的白天鹅。

叶苜蓿低头看了看自己今天的装扮，不禁感到一阵低落。“苜蓿！”一袭黑色西装的英俊男人端着一杯酒出现在她眼前。“阿泽，你怎么……”

“我是代表我们医院来的，院长临时有会议便派我做代表。”

“是哦，我都差点忘了市中心医院在W市可一直是响当当的呢，再说你可是他们中的精英呢！”

“苜蓿，你今天这副打扮很特别……特别迷人！”如牛奶般甜腻温柔的声音如暖流般席卷了叶苜蓿，她很快羞红了耳根。

正难为情得不知说什么时，典礼司仪拿着麦克风走上了主席台，“感谢所有前来参加米唐十周年庆典晚会的嘉宾，十分钟过后我们将正式开始今晚的庆典仪式，请各位来宾移步至大厅中央嘉宾区就座。”

约莫十分钟后，一袭黑色西装的米唐董事长迈着有力的步伐走上主席台致辞，儒雅的面孔流露出与众不同的气质，台下立即响起雷鸣般的掌声。

因为苏泽是代表市中心医院的贵宾，被安排坐到了前排，叶苜蓿作为工作人员只能坐在最后一排。隔着黑压压的人头，她才看清台上正在发言的徐董正是刚才谢谷雨挽着的中年男人。简短的致辞过后，轮到媒体记者采访

时间。

“徐董，您好，我是W市电视台经济与时尚频道的记者。众所周知，米唐上市十年来先后与各大名企的合作均很成功，我想请问米唐作为W市设计领域的佼佼者，它的成功经验是什么呢？徐董可否与在座的其他同行分享下？”前排某记者拿到了话筒问道。

“嗯，首先请允许我代表米唐全体成员感谢各位对米唐一如既往的青睐和支持……”

最后一个提问权被坐在叶苜蓿前两排举手示意的人得到。会场工作人员将话筒递了过去，一个特别响亮的女声通过话题传至整个典礼上空。

“徐董事长，对于外界一直盛传贵公司某女总监私底下与您有不正当关系，对此您一直没有给出正面回应，今天可否借着这次庆典的机会跟大家说清楚呢？”

此话一出，会场一片哗然。可徐董到底是见过大世面的人，他不露声色继续微笑道：“请问这位是哪家媒体的记者，有邀请函吗？”

“徐董，请正面回答我的问题！”女记者道。

“我认得她，她是《娱乐日报》的记者，天天挖掘各种八卦各种绯闻，唯恐天下不乱！”

“对，我们也没有给她们报社发邀请函，她肯定是混进来的。”

会场两侧维持秩序的工作人员纷纷道，然后有人过去抢那女记者的话筒。势单力薄的她还是被带出了会场，大家相视而笑，大厅内又重新恢复了喜庆的氛围。

当叶苜蓿还在思考米唐某女总监之际，台边的谢谷雨已苍白着脸回到了后台。叶苜蓿好奇地离开座位向后台而去，前脚还没有踏进去就看到谢谷雨扑在沈熙勋的怀里小声抽泣。她立刻转身出来，不远处谢谷雨的助理郭宇航对她做了个“请”的姿势。

“叶总监，我们出去坐会儿吧。”

“郭秘书，谢总监这是?”叶苜蓿疑惑道。

“叶总监，本来这事儿不该我们做秘书的插嘴，但您也是谢总监的朋友，我们都相信谢总监的为人，不可能像刚才那位娱乐记者说的那样和我们徐董有染，这消息八成是徐董的前任太太故意爆料给《娱乐日报》的记者的。唉，上个月徐董和他太太办了离婚手续。谢总监平时工作上和徐董走得近，再加上她进米唐的两年内便连升三级坐上了设计总监的位置，自然就招来了别人的闲话。但谢总监这两年来的努力我一直是亲眼看见的，她根本不可能……”郭宇航叹息的口吻，夹杂着一丝心疼的味道。

“嗯，我明白了，我晚点儿再找她。”

庆典后面举办得很成功，W市的领导都上台作了高度赞

许性的发言。晚上的庆功宴要求米唐和策皇的工作人员一同前去。

叶苜蓿推托不掉，她原本答应苏泽庆典结束后便和他去北街吃消夜，如今只能让苏泽先行回去。晚上十点多嘉宾陆陆续续离去，做好善后工作的一行人来到了“流金岁月”会所。

虽然是位于W市的郊区，但是每晚前来娱乐的人却是络绎不绝。叶苜蓿看到眼前一派阔气明亮的灯光把这座位于郊区的会所装点得气派辉煌，立在会所门口带着标准微笑的漂亮女服务员和西装革履风度翩翩的泊车服务生，她不得不在心里感叹这里的品位绝对值五颗星。

待大家纷纷落座后，叶苜蓿在人群中没有发现谢谷雨的身影，便问坐在身边的郭宇航。“谢总监坐沈总的车走的，应该很快就到了。”喝完几杯果汁后，叶苜蓿起身出了包间，在去洗手间的走廊上被喝醉酒的人撞了肩膀。

刚想绕过去，那人却抬起了头，“对、对不起！”

顾南生！

叶苜蓿的心又开始重重地跌落下去，忙着庆典充实的心可以不那么痛，可当庆典宣布结束那一秒，她的心又空了下来。

眯着充满醉意的眼睛，顾南生也认出了眼前的女人，

"苜……苜蓿……是你吗?"

叶苜蓿瞥见远处有人影过来，赶紧溜进了洗手间。

想着顾南生出去十几分钟了怎么还没回来，在包间坐立不安的许良辰连忙出来找人。远远看见顾南生和一个女人的背影，她的心里有了不好的预感。

还没待她走近，那女人就匆忙进了洗手间。

"南生，你喝了很多吗？刚才是?"

"没有，我没喝醉，我刚不小心撞到别人了。"虽听顾南生这么解释着，可许良辰的心还是找不到安放点，那抹纤瘦的身影不是叶苜蓿又是谁呢？难道真是自己多虑了？不安地瞥了洗手间的入口，许良辰搀扶着顾南生回了包间。今天是他们一位朋友的生日聚会。

听到门外渐渐离去的脚步声，叶苜蓿才缓缓出了洗手间。回到包间时，沈熙勋已然现身。

"沈总，我们谢总监呢?"坐在沙发外侧的一个米唐的年轻女员工问道。

"谢总监不舒服先回家了，她让我转告大家今天的庆典辛苦大家了。晚上的庆功宴大家一定要尽兴，费用全部由我埋单。"话音刚落，包间里便响起了一阵热烈的掌声。

"太有爱了！沈总和我们谢总可是郎才女貌呢，啥时候办事儿呀？"另一个女员工八卦起来。听到大家的起哄，沈熙勋只是讪讪地笑了笑，郭宇航连忙出来打圆场，拿起麦克风声嘶力竭地嚎：“是我爱死了昨天，看你虚伪的吊唁。”

灯红酒绿的一天过去，W市清晨的街头依旧充斥着步伐匆匆、神情漠然的人群。站在办公室窗边，远眺大厦外的天空，叶苜蓿忽然觉得心里愈加空洞洞的。

昨晚在会所外走廊遇到顾南生，他怎么喝了那么多酒？他曾经不是喝酒就会过敏的吗？许良辰和他真的要结婚了吗？……一连串的疑问在叶苜蓿脑海里一个接一个地闪过。

“下个周一，顾南生的工作室开业典礼，你去吗？”下班前，林婉嫊进了总监办公室，提醒叶苜蓿道。

“他现在回来了，你要选择哪一个？”林婉嫊眨着眼睛问，不待叶苜蓿开口，她又继续道，“学姐，你还是继续和阿泽学长在一起吧！”

虽然比叶苜蓿低好几届，但关于她和顾南生之间的故事，在C大的校园内可是传了好些年头。毕竟，当初两个如此优秀，又让不少学弟学妹羡慕的模范情侣却突然被爆分手，男主角抛弃女主角和院里导师之女许良辰双双飞去了国外。

这已经够让林婉嫊感到震惊的了，可更让她意想不到的是有学姐私下说，其实是顾南生为了得到出国留学的名额与许良辰发生了关系，背叛了叶苜蓿。

不过，她也不知道真假，因为也有传言说叶苜蓿被策皇前总监包养过，才导致两人分手。毕业后，找不到工作的林婉婖在机缘巧合之下来到策皇应聘，不料遇到了叶苜蓿，还鬼使神差地通过考核留了下来。

“学姐，我一直很想问……”林婉婖终究没能忍住自己的好奇心，想弄明白当年两人之间究竟发生了什么，是不是真如C大校园里流传的那样。可一抬头看见叶苜蓿憔悴的脸色，便打住了已溜到嘴角的话。

“我先撤了，晚上还要去相亲。邀请函放在你办公桌左边第一个抽屉了，幸运草工作室这名字真是够土的……”林婉婖自顾自地说着，退出了总监办公室。

原本左手拿着尺子，右手还握着铅笔在稿纸上将一串花纹反复描边加重的叶苜蓿，听到林婉婖叽叽喳喳说个不停，半句也没听进去，但最后一句她却听得真切。

倏地，手中的画笔被折断了。

幸运草工作室？呵……顾南生，你这又是何苦呢?!

从咿呀学语的时候，妈妈叶惠茹就告诉叶苜蓿，她的名字里“苜蓿”两个字是有特别寓意的。苜蓿，又叫幸运草。视为幸运的象征。

叶苜蓿想起了大三那年的圣诞节，她在C市中心广场

等去做家教的顾南生，等了很久。姗姗来迟的男生从背后偷偷蒙住了她的眼睛，还未来得及惊呼，叶苜蓿只觉得手腕一阵冰凉，一条精美的三叶草手链就安然地环绕在她的手腕上。

“苜蓿，这手链是以你名字命名的！”顾南生眨着眼睛，骄傲地说。“宝贝儿，这手链全世界仅此一条！象征着我对你的爱也是独一无二的！”

也是那天晚上，叶苜蓿不假思索地将自己交给了眼前这个信誓旦旦，爱她如生命的男人。只是命运太弄人，顾南生身边原本属于自己的位置，后来却被另外一个女人所代替。那是叶苜蓿第一次看见那么熟悉那么温柔的许良辰，在爱情面前竟然可以变得那么勇敢那么无畏。

那晚的教学楼天台上，夕阳染红了半边天，像女人一双流血的眼睛。许良辰向她坦白，向她宣战，告诉她：“你不仅给不了顾南生任何未来，反而还会成为他的累赘。”

“苜蓿，过几天就得离校实习了，你想好去哪里了吗？”

“我啊，南生去哪里我就去哪里。”说完，叶苜蓿羞红了脸，不敢抬头看许良辰。

“如果他想出国进修呢？”看见眼前的女生一脸幸福，许良辰心里如同被毒蛇咬噬般。她隐瞒不下去了，她不冷不热地追问。

“那我陪他一起出国啊！”叶苜蓿不假思索地脱口而出。

“可是出国要好多钱，而且名额很难争取到！”

“哦，这样啊，那我就让南生不出国好了。”叶苜蓿有些失望，完全没有料到接下来许良辰会咄咄逼人。

“苜蓿，你确定你爱南生吗？”

“爱啊，他还说一毕业我们就结婚的，他爸妈也很喜欢我。”叶苜蓿语气变得委屈起来，没想到自己的好姐妹会这样质问自己。

“爱一个人就要给他未来，可你这么自私能给南生什么未来！”

“良辰，你怎么了？”

“我怎么了？我只是想你离开南生，你不仅给不了顾南生任何未来，反而还会成为他的累赘。”许良辰没了以往的温柔，像变了一个人似的，从她嘴里吐出的话让叶苜蓿不寒而栗。

我们用大同小异的方式来到这个世界，带着大同小异的构造，持着大同小异的习性。血液都得靠着心脏的推动才能流遍全身。大脑皮层和基底核是每个人的大脑都不能缺少的奠基。需要爱人的同时，也都需要能被人爱着。

良辰，我们明明有那么多的地方相似着，却为什么又能在更多的地方看到无法迈出脚步的巨大鸿沟？那些即使用眼角余光也能被自己轻易发觉的斑斓，在你的眼里又是如何成为无论如何睁大眼睛也看不见的灰白呢？

难道仅仅是因为我们爱上了同一个男人？

关于记忆和内心深处的一些事情，叶苜蓿渐渐明白，却又真实地因为这一点明白，而产生出了更大的不安。当时间过去，我们忘记了彼此曾经义无反顾地爱过同一个人。忘记了他的温柔，忘记了他明亮的笑，忘记了他站在人群中眸子里闪烁出的光芒。我们对他再没有那种固执的偏爱，我们慢慢地变得并不是非他不可。

为什么会这样？是不是我们的爱情都败给了日后无法预料且无法企及的漫长岁月？

良辰，是不是真的如你所说，最后陪在顾南生身边的人只能是你，一定是你，必须是你。就像他梦想中的设计室，现在不正是你和他一起创立的吗？

良辰，我和他的爱情果然还是败给了遥远的岁月和残酷的现实。

安静的办公室内，能听见胸腔内传来剧烈的声响。

陷入回忆里的叶苜蓿，不自觉地拉开了手腕上的衣服，一条早已褪去光泽的三叶草手链，正安静地圈在她的手上。

有很多人，你原以为可以忘记。其实没有。他们一直在你心底的一个角落，直到你的生命尽头。在尽头，你会怀念每一个角落里的黑暗之中的光，因为他们组成你的记忆与感情，但是你已经不能拥抱他们。

终明白，路途是一个念念不忘的失去的过程。

“林俊杰月底来W市开个人演唱会！”一条带着比中了五百万元还开心的搞怪表情的信息突然弹出叶苜蓿的电脑桌面，打断了她的思绪。

“真的吗？真的吗？”

“亲，今天可不是愚人节！”几秒钟的工夫，林俊杰的粉丝群里弹出了数条信息。作为林俊杰的忠实粉丝，叶苜蓿迅速点开了群里某人提供的网址。

花哨的界面中，在明星演唱会滚动信息里，叶苜蓿果真看见了“‘11月29日JJ林俊杰IAM世界巡回演唱会’W市站”的标题，目光随之扫下来，发现演唱会地点是W市去年才新建起来的大型体育馆。

这个消息无疑乐坏了叶苜蓿，可嘴角刚浮起的笑意又瞬间消失了。

“生日快乐！宝贝儿，快来许个愿！”叶苜蓿二十岁生日庆祝会上，顾南生点燃了生日蜡烛，一脸甜蜜地拥着叶苜蓿。

“我希望有生之年，我爱的人能陪我去看场JJ的演唱会！”

“傻瓜！生日愿望哪有说出来的，不过我一定满足你！”

时光机，一个人能背多少的往事，真不轻。喝一口忘川的水，再喝一口记川的水，忘记了一切，又记起了一切。

最痛苦的是，消失了的东西，你以为它就永远的不见了，永远都不会再回来，可它却偏还要留下一根细而尖的针，一直插在你心头，一直拔不去。

它想让你疼，你就得疼。

桌上的手机突然振动起来，叶苜蓿留念般轻抚了下手链后，默默放下了卷起的衣袖。

“苜蓿，下班没？”电话是苏泽打来的，继上次在她住处离去后，叶苜蓿就开始不知如何面对他。“还有一会儿。”盯着画纸上还未描完的花纹，脑海里还浮现着那张记忆深处的脸孔，叶苜蓿有些不知所措，内心似乎开始逃避苏泽了。

“那你先忙，我在楼下等你。”苏泽失落地合上了手机，用力跺了跺脚想驱赶走一些夜晚的寒意。早在一个小时前，他就在楼下碰见了下班的林婉婇，得知了顾南生工作室开业邀请了叶苜蓿的消息，心里生出更多的不安来，他觉得自己快要失去心爱的女人了。

挂掉电话的叶苜蓿，握着画笔的手迟迟没有动静。“罢了，别让他等久了。”叶苜蓿摆了摆头，放下了画笔。

约莫十分钟，看见从大厦里踏出向自己走来的女人，苏泽原本灰沉的脸上又浮现了笑意。那是一种看见心爱的人就不自觉弯起嘴角的美丽情绪。

“耽误你工作了吧？”

“没有，什么时候做都可以的，不赶时间。”两人并肩走着，苏泽几次欲抬手像往常一样拥着身边的女人，却再也没了勇气。顾南生，你看你不仅影响了叶苜蓿，还影响了我。

苏泽在心底无奈地冷笑了声，按下车锁遥控器后拉开了车门。“谢谢。”替叶苜蓿系好安全带，苏泽将车开到了郊区一家隐秘的餐厅外。

“名字是不是很特别？”离市区半个小时车程的“重来”餐厅，整个大堂都洋溢着轻松愉悦的氛围，优雅的钢琴曲弥漫着小巧但别致的半封闭包间。

“重来……是重新来过的意思吗？”叶苜蓿猜测着，也觉得名字很特别。

“嗯，老板说希望来这里的每个人如果遇到了困难都可以顺利跨过去，都能够拥有新的更美好的生活。”苏泽注视着叶苜蓿，不动声色地说。

“真的吗？可我却一直觉得时间是个可怕的东西。它能抚平一切，将心里好的或是坏的痕迹一刀刀刮去，留下面目

模糊的疤痕。就算你很想重新开始，可是那些疤痕还是突兀地提醒着你过去曾发生的一切。”

“苜蓿，那你的疤痕究竟什么时候才能够好呢?”被苏泽这么突然的一问，叶苜蓿一时不知如何回答。

“其实，心里有个人放在那里也好，至少是件填充了生命空白的收藏。”苏泽看出了她的犹豫，不想为难她，继而自语道。

叶苜蓿苦笑了声，端起桌上的一杯还没来得及放糖的苦咖啡啜了一大口。

“苜蓿……听我说，我不管你以前碰到过什么样的男人，哪怕是你遇到了传说中的洋葱王子，一层一层地剥掉他的外衣想要看到他的心，在这个过程中你也曾不断地流眼泪，甚至最后你发现原来洋葱是根本就没有心。可是，苜蓿，既然你终于认清了他，那为何还要将他抱在怀里继续弄哭自己，不将它丢弃呢?”

“苏泽，这个世界上不是任何东西说丢就可以丢得掉的。”叶苜蓿埋下头，双眼黯淡。这次，她并没有亲昵地喊眼前这个男人，阿泽。

小小的区别，小小的改变，苏泽自然轻易地捕捉到了，谁叫他是心思缜密的医生呢。奈何医生可以救万人，却唯独不能医治自己。

“苜蓿，我现在想去一个地方!”

“呃？”

“我现在最想去的地方，就是你最内心的世界。”苏泽说得极是温柔，叶苜蓿的心像一束腊梅遇上天降冬雪般，惊起一阵剧烈的悸动与颤抖。

“阿泽，我……”苏泽伸过手来握住了叶苜蓿放在餐桌上的手，目光坚定道，“苜蓿，能不能让我来爱你？”

“对不起……我……我心里很乱……”突如其来的温柔告白，怔了几秒后，叶苜蓿却急忙从苏泽宽厚温暖的掌心里抽出手来。

不是不感动的，七年前要是没有苏泽，或许这个世界上早就没有叶苜蓿这个人了。对于苏泽，叶苜蓿也不知道自己对他究竟是一种怎样的感情。她也暗暗在心底问过自己，如果顾南生没有回来，她最后会不会就和苏泽在一起，头戴白纱，步入教堂。

“或许有些人，美就美在永远得不到。”看到眼前的女人，一脸憔悴，眉宇间惆怅的模样，苏泽不想再给她添上半分烦恼，他为自己今晚的举动感到失望。“苜蓿，或许在你心里，对我的感动多于心动吧。”

吃饭的氛围明显冷却，晚餐就这样草草结束。苏泽送叶苜蓿回小区后，并未急着回到住处。看着四楼的灯灭，他将车开出小区后停在了不远处的湖边树木的阴影里。从口袋里掏出了一盒香烟，砰的一声响后他深深吸了一口，再缓慢地

吐出。烟雾缭绕地车厢内，湖边昏黄的路灯投射下来，男人的脸如夜色般沉重。

都说香烟可以麻痹神经，可苏泽脑袋却痛得厉害，好像已经不是他自己的。是不是成年人的爱情里，没有“容易”二字。自知道顾南生回国后，几乎每一天夜里，他都坐在这城市最晚的角落，那通常也是最幽暗的位置，重复整理他自己也说不清楚的心事。

苏泽并不知道，同他一样头疼的还有叶苜蓿。

有人说过，每个人一生都会遇到四个人。第一个是你自己，第二个是你最爱的人，第三个是最爱你的人，第四个是共度一生的人。

然而，生活最爱开玩笑。

你最爱的，往往没有选择你；最爱你的，往往又不是你最爱的；而最终跟你共度一生的，偏偏不是你最爱也不是最爱你的，只是在最适合的时间出现的那个人。

叶苜蓿不解这个最合适的时间出现的人，到底是大学时期出现在她生命中，带给她温暖，许给她安稳的顾南生，还是一直默默陪伴她，七年前在墨尔本街头救她一命的苏泽。

她更加不明白的是，如果有些人注定没办法在一起，为什么命运要让他们相遇，相遇后错失，错失后却又再次重逢……是不是每一个不懂爱的人，都会遇到一个懂爱的人，然后经历一场撕心裂肺的爱情，中途分开。

后来，不懂爱的人慢慢懂了。懂爱的人，却不敢再爱了。

薄情寡义的顾南生，温柔相守的苏泽，问自己还敢再爱吗？叶苜蓿深深困扰着。迟迟睡不着的她，无奈之下拿出从苏泽那里开来的安眠药，就着杯中冰冷的水，连着吞了几片，扯过被子就闭上眼睛沉沉睡了过去。

客厅沙发上随意丢落的包包里，露出红色请柬烫金的一角。

第五章　回忆

“这孩子要是生下来就是造孽哇！”年迈的奶奶老泪纵横，无比痛心地说。

“妈，您就让我把她生下来吧！求求您！”披头散发，满脸憔悴的叶惠茹跪在地上苦苦哀求。

“惠茹，不是妈狠心。可是你看看黎枫，他这几年完全被那些个狐狸精迷住了，在外面生的儿子都已经两岁了，他眼里哪还有这个家？他连我和你爸都不放在眼里了，更别说你这个强逼着他娶的媳妇儿了。你现在还要给他生下孩子？惠茹，你这是何苦呢？当年妈和你爸也是糊涂啊，千不该万不该履行年轻做知青时和你妈妈的约定让黎枫娶你进门的。你妈去了把你托付给我们，可这些年你在这个家却受尽了委屈，等妈和你爸百年之后哪有颜面跟你妈妈交代啊！惠茹啊，听妈的话，这个孩子坚决不能生下来，如今我们也老了，管不了黎枫那不孝子，实在是不愿再看到孙子孙女来到这个世界上受罪啊！”奶奶边说边取出手帕来抹眼泪，她的视线已经极度模糊，为了不着家的儿子不知哭了多少回，眼睛都快哭瞎了。

“妈，我不管，我现在只想把这个孩子生下来，就算黎枫日后要跟我离婚娶别的女人，就算日后的家产全部留给外面那个孩子，我都不介意。妈，求求您，让我生下这个孩子吧，这孩子是我活在这个世界上唯一的念头了，妈！”

叶惠茹单手护着肚子使劲儿对着奶奶磕头，一遍又一遍。屋门外，七月天的太阳毒辣辣地炙烤着干涸的大地，她额头上滚下的汗珠混着鲜血流了好远。

我的出生不被众人期待，除了我的妈妈。在我成长的过程中，我甚至只能在照片中看到我的爸爸。在我十岁那年，妈妈带我去见了一个陌生的男孩和一个温柔的女人。后来，当我们离开时，爸爸跟我们一起回了家。

即使爸爸回家了，但对我来说一样是没有爸爸，他从不关心妈妈和我，整天酗酒打人。我最大的期盼是离开家，离开他。

那年，我考取了C市的大学，拿着早就偷偷从镇上邮局里拿到的高考录取通知书和几件换洗的衣服坐上了去C市的火车。到了C市不久后，我顺利找到C大安顿了下来。

“喂，是苜蓿吗？”我兴奋地打电话回家，却听到了那个男人的声音，我气愤得立即挂掉了电话。想来一向懦弱的妈妈最终还是原谅了那个男人，可我却永远都不会原谅他。

此后，我再也没有打过电话回家，也发誓再也不会回到那个让我心灰意冷的家了。进入C大后，我一边读书一边打工。一次在食堂吃早餐的时候，因为我旁边的座位没人坐，就认识了正找空位的许良辰，聊下来才发现我们是同个专业的。慢慢地，我和她成了朋友。

她是我进大学后认识的第一个朋友，让我意想不到的是，她突然不知怎么搬来和我同了宿舍。自此，我们感情越发浓厚，成了好朋友好姐妹。

遇到顾南生，是在一个炎热的午后。

我骑着自行车去一家公司送外卖咖啡，经过一片高大的法国梧桐时，他抱着画板从路边冲了出来，我为了避开他赶紧掉转车头，不料撞上了路边的花坛。

“我的咖啡!”我瞪着充满怒气的眸子尖叫道。

“不好意思。”男生吐了吐舌头。

我白了他一眼，蹲下来拾起地上的一杯杯洒掉的咖啡，心里难过极了。

“喂，不要难过了，我赔你钱。”

大概是见我不理他，男生有些急了，他放下手中的画板，也在我身边蹲了下来，帮我一起收拾。“你知道吗？我注意你很久了。”

听到男生这样说，我诧异地停下了手中的动作。“真的，你上份工作是在××餐馆做服务员对不对?”男生怕我不相信，赶紧补充道。

“你跟踪我?”明白过来的我一把推开他，扶起自行车欲回咖啡店拿新的咖啡。

最后的结果是我失去了那份工作，而他成了我的男朋友。

他也是C大的学生，他自称是设计系的系草，一开始我是拒绝他的。可那天之后，他打听到我是新闻系的大一新生后就天天跟着我。

我在食堂吃饭，他就跟到食堂，“叶同学，请问旁边有人坐吗?”

我上选修课，他也跟我到教室，“叶同学，你也喜欢上严老师的课啊!”

我到奶茶店，他还是跟到奶茶店，“叶同学，好巧哦，你也喜欢喝蓝莓忘忧啊?”

放学的时候他在楼梯口截住我，“叶苜蓿，晚上有空吗，我请你看电影!”

……

在我新找了一份送外卖的工作，还是骑着自行车经过那片梧桐林的时候，他又背着画板从路边冲了出来，直觉告诉我，他是故意的。

这次，我并没有掉转车头而是径直朝他骑了过去。结果却被他稳稳扶住了车头。

“叶苜蓿，我……我……喜欢……喜欢你，做我女……女朋友好不好?”他憋红着脸，结巴道。我还没有反应过来，他便伸长着脖子吻住了我的唇。

耐不住他三个月的死缠烂打，我答应与他交往。确定恋爱关系的那天晚上，我打电话约良辰出来吃饭准备告诉她，我恋爱了。

她远远走来的时候看到顾南生搂着我的肩膀，突然就红了双眼朝我骂道，“死丫头，这么早就恋爱，不要我了吗?”说着，眼泪哗啦啦地掉了下来，把她化得漂亮的妆都弄花了。

那时候，我以为她是害怕我恋爱之后冷落她才哭的。直到她生日那天，我无意中才发现，她当时会掉眼泪不仅仅是因为这个。

成了顾南生的女朋友之后，我和他天天腻在了一块。时间久了，我发现自己也慢慢喜欢上他了。他不是那种人见人爱的帅哥型，但是笑起来很有味道，像极了我高中时期特别迷恋的一位新加坡歌手——林俊杰。

晚上我们一起坐在教学楼的天台上，他唱林俊杰的《江南》给我听，声音那么的深情悲切，让我着了迷。他说：“苜蓿，你知道吗，在××餐馆不远处的巷子里，第一次遇到你，我就喜欢上你了。”他轻轻地靠过来，吻了吻我的额头。

我不知道该如何回应他，也只好笨手笨脚地去吻他光亮的额头。倏地，他一低头，我就恰好吻上了他薄薄的唇，带着无比清新的薄荷味儿。

南生的身体明显僵硬了一下，他满脸惊讶地转过头来看着我。隔着满天的星光，我看见他的眼睛里闪着动人的泪光。

“苜蓿，我爱你。”他紧紧抱我入怀，在我耳边轻语。

蓦地，我的泪掉了下来。他掏出干净的手帕来，温柔地、小心翼翼地帮我擦了擦泪湿的眼角。“宝贝儿，五一跟我回家见爸妈吧。”

“这个，我有点儿怕……”我羞红着脸小声地回他。

大二那年的五一，我真的跟南生回了他W市的家。南生的家布置得简单却温馨，客厅的墙上挂着全家福：贤淑的妈妈，风趣的爸爸，优秀的他。

见到南生妈妈的时候，她正在厨房里张罗着丰富的晚餐。南生爸爸是W市一所中学的历史老师，安然地坐在客厅里看一本厚厚的《雍正传》。

“南生、小蓿，开饭了！”南生妈妈在厨房里喊道，南生抢先跑进了厨房，捻起盘里的一块红烧肉，丢进嘴里，“好烫，好烫！”还未吞下，就听见他在喊。南生妈妈立刻笑着

递了水杯给他，宠溺的表情溢满了消瘦的脸。

席间，南生爸爸不停地夹着红烧肉给我，“小蓿，你太瘦了，得好好补补！来，多吃点儿阿姨做的红烧肉！南生最喜欢这道菜了！”咽下一块美味的红烧肉，我的泪水悄然掉进了饭碗里。这是我长这么大以来，第一次感受到家庭的和睦和温暖。

离开南生家的那天，他的爸妈给我包了一个大红包，我推托着拒绝……“小蓿，你必须拿着，在学校买点儿好吃的。”南生妈妈拉着我的手亲切道。

“小蓿，我和你阿姨都很喜欢你，可都把你当成未来儿媳妇的，你一定要收下！乖，听话！”南生爸爸假装生气了，皱起了眉头。

最终，我强忍着泪水收下了红包，和南生一起踏上了回C大的汽车。车窗外，南生爸妈一直不停地挥手与我们告别。不争气的我，泪水又掉了下来。

南生轻轻揉着我的长发，“傻丫头，来我家的这几天怎么变得那么爱哭了？”

“南生，我们毕业了就结婚，好不好？”

南生没有料到我会说出这句话，瞪大了眼睛又惊又喜。“傻瓜，毕业了我一定娶你。”他毫不犹豫地回复我，眼神坚定。

回到学校后，我和南生各自忙碌着期末备考。考完试的当天晚上，是我十八岁的生日。南生早早地给我准备了惊喜，他拿着扩音器出现在了宿舍楼下。

“老婆，生日快乐，我爱你。”

南生穿着一身白色休闲装，伫立在那儿，喊了一遍又一遍。柔情的男声响彻了整栋宿舍楼上空，最后连学校保安都被惊动了。

隔壁几个宿舍的女生全都打开窗户，趴在窗户边上尖叫，我也感动得热泪盈眶。坐在床角的良辰哭了，“苜蓿，你真的很幸福！我很羡慕你！”她难过地对我说。我没有多想，来不及安慰她，来不及换掉睡衣，我就趿着鞋匆匆奔下了楼。

那个生日，我十八岁的生日，让原本成绩优异的我和南生在校园里彻底走红。低年级暗恋他的学妹，悄悄塞了封信给我。“学姐，顾学长真的很爱你，祝你们幸福！”

我们唯一一次吵架，是在刚升上大三的一个午后。我和南生并肩走在那片梧桐林下，自从恋爱后，我们总是相约着来走一遍我们曾经相遇的地方。

“你不可以跟那个外语系的欧阳奇瑞走得太近。”意外地，南生没有唤我的名字。

“啊？他只是我的学长啦！”想着他大概是吃醋了，我故意亲昵地趴着他的肩膀解释道。

“真的只是学长吗，我怎么看见他今天早上带了爱心便

当给你！”

“那不是给我的，是欧阳学长托我转送给我们班英语科代表的！”

“那他为什么不直接给，我看明明就是给你的！你看他看你那眼神，明显就是想对你预谋不轨！”

“你不要钻牛角尖啦！”

“叶苜蓿，我看你是对我用情不专！”

“顾南生，你今天发什么神经！”

“叶同学，是不是开始嫌弃我了？想移情别恋了？”

“顾南生，你给我滚！”

“滚就滚，你去找你的欧阳学长吧！”

“那你滚了别再回来了！滚！”

我叫嚣道，很不幸，那几天正好是我的生理期，情绪一下子就烦躁起来。结果南生却真的掉头走了，丢下我一个人坐在梧桐树下哭鼻子。

过了几分钟，他手里拿着两支棒棒糖傻笑着回来了，“宝贝儿，咱别闹了好不好？”他将草莓味的那支递给我，他还是吃着他最喜欢的薄荷味的。

“你不是滚了吗？”我没好气地说，却又巴巴地伸手去抢他手里的棒棒糖。

“滚走了，还可以滚回来嘛！”

“你以为你是车轮滚滚啊！”说着，我自己就破涕为笑了。南生替我撕开了包裹棒棒糖的糖衣，我轻轻舔了一口。

“好甜……”话未说完，南生带着薄荷味儿的吻就落了下来。

“宝贝儿我错了！以后再也不瞎吃醋了！”

“哼，晚上请我吃大餐，我就原谅你！”

“遵命！老婆大人，这是小的的钱包，望您笑纳！”一口含住棒棒糖，南生连忙从裤袋里掏出钱包，放在我摊开的掌心里，毕恭毕敬地呈到我的眼前，做可怜状。

当时我就乐了，和南生和好后，我想起来自己好像有些冷落良辰了。自从升上大三后，她就报了计算机的培训班。为了专心备考，还搬去了隔壁的空宿舍。想着再过几天就是她的生日了，我和南生走遍了几条街给她选了生日礼物，在她生日那天将她约了出来。

“良辰，还是搬回咱们宿舍住吧！我们都想你搬回来呢！”我拽着她的胳膊使劲儿摇晃，撒娇道。

“别，宿舍一共五个人，四个都掉进了河里，就我一个站在岸边还不会游泳！”

“什么掉河里了？”

“傻瓜！”南生亲昵地刮了一下我的鼻尖，我才恍悟过来，刷地就羞红了脸。而良辰的眼睛里却溢满了失落，只是当时的我心里只有南生，全然没有察觉。

“臭丫头，我早就说把南生的帅哥室友介绍给你，你又

不要，还说我们，哼！”我假装生气地说。

“我的姑奶奶，那男生长得那么抽象！再说我还是做三好学生吧，考完计算机我还要考导游证，考上导游证我还要……”她唯独没有说出口的是，她还修了设计课，跟南生大学所读的一样的专业课。

“打……打住，我的大小姐，你能不能消停会儿？再这么考下去你都成考证专业户了，瞧你拼得跟个男人似的。”

“哎哟，天蝎座的女人本来就能活得比男人好。你瞧瞧满C大的男生，很多都做不到我一半好呢！”

“那我家南生呢？”我脱口问了这么一句，没料到良辰转移话题道，“赶紧吃饭去吧，再晚了宿舍就关门啦！”顾着肚子饿了的我，并未注意到我问这个问题时，她眼里一闪而过的光芒。那晚，我们三个人喝了好多瓶啤酒，酒量极差的良辰闹着喝了不少。

“南生，我一个人扛不动她，你帮我一起送她回宿舍吧。”

“行，管理员阿姨我来摆平。”顺利通过宿舍大门，南生帮我扶着良辰上了宿舍楼。进了她的宿舍，喝醉的良辰重重地倒在了床上。

“南生，你帮我看着她一会儿，别吐在床上了，我去打盆热水来给她洗洗脸。”说完，我就拿着盆子出了良辰的宿舍。

你有没有特别特别相信一个人，友情也好，爱情也罢，却反手被现实狠狠打了一个耳光？

“明明是我先喜欢的你，你怎么做了她的男朋友，这不公平……我也喜欢你，你为什么不喜欢我……我哪里比不上苜蓿……”

宿舍内，良辰突兀的声音传来。遗憾的是，当我端着一盆滚烫的开水回到良辰的宿舍，推开虚掩的宿舍门时，这些话我虽然未能亲耳听到，但是眼前的一幕仍然让我震惊——南生的手正被床上醉眼蒙眬的良辰紧紧拽着。

砰的一声巨响，我手中的盆子就顺势砸在了地板上，滚烫的开水湿了我的裤子和鞋子，我疼得眼泪直掉，不仅仅是被滚烫的开水烫疼了，更是因看到这样一幕我的眼睛刺得疼。

注意到突然出现的我，南生立即甩开良辰的手，快步跑了过来，“烫到哪里了？疼不疼？要不要上医务室？”南生一连串的关怀询问，却让我莫名觉得一阵恶心，胃里直翻涌。

“我不想听你说话！”我掉头哭着跑出了宿舍楼。“苜蓿，你听我解释！”那晚，南生疯了似的找遍了全校也没有找到我，我也没有回宿舍。一个人在C大校外湖边坐了好久好久，十月份的夜风吹得我直颤抖，全然忘了身上被开水烫到的痛。

第二天，我失魂落魄地回到宿舍，良辰揉着发疼的额头

惊讶地问："苜蓿，你怎么了？"她好像记不得昨晚的事情，我也没有拆穿，从柜子里找了套干净的衣服出来，在洗手间换下衣服的时候，裤子在被开水烫到的地方粘得我脱不下来，轻轻地拉扯，皮肉都在跟着疼。

其实，最疼的还是胸腔里的那颗核状物体。

"苜蓿，衣服还没换好吗？"洗手间门外，良辰唤我。

"嗯，我还没刷牙洗脸，你先去上课吧！"

"那行，我给你占位置，你等会儿来！"

我强忍着泪水，听到宿舍门被带上的声音后，从洗手间走了出来。从抽屉中找出剪刀，一块块地剪碎了裤子，双腿上一块块鲜红的伤口呈现在我眼前。简单地包扎后，我便抱着课本上课去了。下晚自习后，南生已然等在了教室门口。

"苜蓿，你误会了，我和良辰真的没什么，她喝醉了……"尽管我也愿意相信良辰是喝醉了，但那紧握的双手仍让我耿耿于怀，于是不听他解释就头也不回地走开了。直到有一天从澡堂回来，良辰叫开了宿舍的其他人，抽掉我正拿在手中看的书，一脸认真地说："苜蓿，那晚我喝醉了，误把南生当成我前男友了，对不起！"说完，她还从手机相册里翻出一张照片给我看，说是她的前男友。如此，我只好原谅了南生，还埋怨自己错怪了他和良辰。

明白是自己在纠结，圣诞夜那晚，我将南生约了出来，一起去校外电影院看新上映的爱情片。是在圣诞节的夜。可他晚上还得做家教，我只好提前去C市的中心广场等他。夜晚彻骨的寒风吹过，我缩着脖子和双手，在广场上等了南生很久很久。直到月亮爬得老高，喧嚣的人群渐渐散去，南生才赶了过来。

“对不起宝贝儿，我来晚了！”

他从身后偷偷蒙住我的眼睛，将一串漂亮的手链套在了我的手腕上。他告诉我，这是他亲手设计的手链，全世界独一无二的手链，象征他对我的爱也是全世界独一无二的。

就是那个夜晚，我们相拥了很久很久，忘记了C大宿舍门关闭的点，我们也没能回学校，更没看成电影，最后只好在街边的旅馆开了个房间。晚上，和南生一起躺在狭小的床上，我爱不释手地盯着手中的项链，倏地掉下眼泪来。南生并未像之前一样掏出手帕来帮我擦拭，而是用他好看的唇浅浅地吻了下来，从我的眼睛，吻到了我的唇，我的脖子……那个寒冷的圣诞夜，沉浸在感动和幸福里的我，情不自禁地就将自己交给了他。

那夜的激情与缠绵，让我和南生和好如初，彼此约定不能怀疑这份感情。圣诞之后，再过半个多月，就结束了大三上学期的课程。尽管还有一年半才毕业，可不少身边同学已经开始谋划毕业实习了。我没有选择学校安排的报社和电视台。

凭着对策划的兴趣，我在网上向W市的一家著名的策划公司——策皇投去了简历。因为我想毕业后能陪南生回到他的家乡，开间小小的设计室，过着平凡而幸福的日子。

幸运的是，我的简历被策皇的人事部总监看上了。他在邮件里回复说，近期也会在C大安排一场招聘会，我可以现场应聘。在他们来之前，我一直瞒着南生这个消息，想着应聘通过后给他一个惊喜。半个多月后，在这个惊喜来临之前，我又收获了另外一个惊喜。

我怀孕了。

又惊又喜的我才明白，为何那两个月里月事迟迟没来，而且经常腿脚发酸、贪睡。南生都说我越来越赖床了。吃饭前觉得恶心，吃到酸的胃里就好受些……不是没学过生理课，这些症状发生在自己身上，我不禁有些担心起来。

在一个没课的周末，我骗南生陪同学去校外买衣服，偷偷去了趟医院，检查报告证实了我的猜测。在我犹豫着要不要告诉南生的时候，策皇的招聘点果真出现在了C大校园内。我暂时忘了怀孕这件事，兴奋又紧张地拿着简历，小心翼翼地来到招聘点前。

“您好，我是C大新闻专业的叶苜蓿，前阵子往贵公司邮箱投过应聘简历的。”说完，我礼貌地笑着，将简历放在了招聘点前的办公桌上。

桌后一共坐了三个人，两男一女。两个男人中戴眼镜的那一位拿起我的简历翻了翻，随后上下打量了我一番，“叶苜蓿？原来就是你呀！”

“嗯，我就是叶苜蓿！”原来，这位戴眼镜的男人就是策皇的人事部总监，他旁边的男人是策划部总监，女的是他们公司的工作人员。

“正好晚上有个饭局，跟你们学校的几个老师一起，小叶没事的话一起参加吧？”人事部总监眯着眼睛，笑起来脸上的赘肉挤出了几道褶。

不好拒绝的我，只好答应一同前往。在去酒店的路上，南生打来了电话。“宝贝儿，在哪呢？待会儿去吃火锅吧！”

“我在上晚自习呢，要不等我下了自习再去吧？”我撒谎道。

“你今天不是没有晚自习的吗？”南生的声音听起来很失落。

“临时加的，这学期快结束了，我们专业课还没……”我的话还没说完，手机就显示电量不足，自动关机了。

进了酒店包间才发现，人事部总监口中说的C大的老师并没有来，来的都是我不认识的男人。看着他们在我身上来回闪烁的目光，有一种不安和恐惧涌上了我的心头。席间，他们又一个个地过来敬我的酒。无奈之下，我勉强喝下了一杯。

酒还未完全下肚，我的胃便突然剧烈地翻涌起来。“抱歉，我去趟洗手间”。当我红着脸从洗手间回来，原本空荡

荡的酒杯，又被斟满了红酒。

“叶小姐的酒量得练练了，来来，再干了这一杯！”人事部总监端起桌上的酒杯，递到了我的面前。强忍着不舒服，我笑着婉拒，“不好意思，我实在不能喝了。”

“那怎么行，想进策皇工作的话这杯酒必须得干了！”人事部总监不依不饶，一把用力地揽过我的肩膀，欲将杯子里的酒灌入我的嘴里。

“不能喝酒就别勉强了，人家还是学生。”

整个下午下来，策划部总监终于开口说话了。我感激地望向他，男人一张冷漠的脸，却仍掩饰不住他的英俊。

“尹总监，她还没进策划部呢，你这么快就摆出上司的架势了！”人事部总监将手从我的肩膀上放下来，声音里带着七分醉意，三分愤怒。

“她还没毕业，你别闹大了。”

“尹浩，你算个什么货色，还管到我头上来了！要不是靠你老婆的钱打通关系进了策皇，你现在还是个住地下室的穷小伙呢！我他妈早就看你不顺眼了！”人事部总监咆哮了起来，一副欲打架的气势。

“两位总监别生气，这杯酒我干了！”怕引起不必要的麻烦，我压制住想吐的感觉，爽快地将那杯红酒倒进了嘴里。

醒来的时候，我穿着睡衣躺在酒店客房的床上，衣服和包包被放在了一旁的柜台上。我下意识地掀开被子，用手摸了摸身体，还好，并没什么异样。当我还在努力试图回想起昨晚饭局最后到底发生了什么时，房间的门铃响了。

“您好叶小姐，中午退房的时间到了……”从酒店服务人员口中得知，是一位叫尹浩的先生送我回的房间，并付了房费。

尹浩？揉着还有些醉意的脑袋，许久我才想起来是策皇的那个策划部总监。穿好衣服，我悄悄地回了学校。或许是我走得太匆忙，在校园差点撞倒良辰。

那是夕阳西下的时候，良辰黑沉着脸，“苜蓿，我找你有事。”我以为她心情不好，就随她来到了C大一栋破旧的教学楼天台上。

“苜蓿，过几天就得离校实习了，你想好去哪里了吗？”

“我啊，南生去哪里我就去哪里。”说完，我羞红了脸，不敢抬头看良辰。

“如果他想出国进修呢？”

“那我陪他一起出国啊！”我不假思索地脱口而出。

“可是出国要好多钱，而且名额很难争取到！”

“哦，这样啊，那我就让南生不出国好了。”

“苜蓿，你确定你爱南生吗？”听到良辰如此质问自己，我心里慌了。她是要向自己坦白吗，承认她也爱上了南生。

“苜蓿，我爱南生，爱了整整六年，时间是你的两倍！”夜幕降临，天台上凉凉的晚风吹过。良辰直言不讳地告诉

我，并不再顾忌我和她的姐妹之情。

“简单说吧，学校里有去墨尔本进修的名额，我希望南生去。”

墨尔本，我不是不知道的。那是设计的殿堂，南生最梦想去的国度。

“前些日子，我暗地里调查过你的背景了，你爸爸吃喝嫖赌，你妈妈辛辛苦苦才养大的你……”良辰的每句话都吐得很有力，“你这样的家庭，根本给不了南生任何未来，不仅没有未来，以南生的个性，你很可能还会成为他的负担！”

我怔在原地，想起了那个一脸凶狠的男人，和那个懦弱无助的妈妈，以及山后面大片盛开的漂亮的苜蓿花。

许良辰像是看出了我的慌张，继续说道：“我跟你不一样，我爸爸是他们系的导师，我能帮他弄到出国深造的名额，我能给他创造更好的未来……还有上次我喝醉了不是紧紧抓着南生的手吗？我不是把他误当成了前男友，我是一直希望他成为我的男友！”

越是熟悉的朋友，就越知道刀子往哪里捅最痛。此刻，我总算亲身证明了这句话。“你说的都是对的，你到底想怎么样？”面对眼前这个曾经最要好的姐妹，我再也无法亲切起来，声音也变得冷淡。

“离开南生！你给不了他未来！”良辰简洁道，她也不想再绕圈子了。

不待我回答，她就转身离去，留给我一个决绝且陌生的背影。回到宿舍的我，一时间心烦意乱。盯着良辰空荡荡的床铺，彻夜辗转未眠。第二天天一亮，不知所措的我，只好打电话找出欧阳奇瑞学长，央求他掩护我来到顾南生的宿舍。

然而命运弄人，让我目睹了最不堪的一幕，也是令我终生难忘的一幕。

急切的敲门声过后，拉开南生宿舍门的却是女生的面孔。这个女生不是别人，正是昨天跟我摊牌的良辰。让我惊讶的是，她居然会在南生宿舍，而且大冬天的只穿了件吊带睡衣。靠着门的良辰，满目惺忪的模样。

越过她的肩膀，我愤怒地看见宿舍地板上，到处都是南生的衣服。一件一件地胡乱丢弃着，一件一件地刺痛着我的眼球。床上，还在沉睡的南生裸露着半个臂膀。

“既然你都看到了，那我也就不回避了。都是成年人了，感情这种事，本就是你情我愿。”良辰睁着漂亮的眸子，冷冷地朝我笑了笑。

“你，你们……”我不想再说任何一句话，头也不回地跑开了。

生命里有很多定数，在未曾预料的时候就已摆好了局。在顾南生的宿舍亲眼看见了他和许良辰那肮脏的一幕后，我直奔火车站买了票逃去了其他的城市。只是当我上车后，才

恍惚想起在窗口买票时，售票员问我去哪里时，我脱口而出的居然是：W市。

顾南生，你看，我爱你竟爱到这般田地。前方的W市，那是你的家乡，而我除了肚子里的小生命，一无所有。

归根到底，我躲不掉命运的心血来潮。

抵达W市的前一晚，我在轰隆隆响的破旧车厢里接到了欧阳奇瑞的电话。他说：“苜蓿，你要坚强。”

在黑暗的夜里火车穿梭的时间过长，这些年的一切像是种逼真的幻觉。我明白，顾南生最后如愿获得了系里出国进修的名额，和许良辰双双去了墨尔本。

而我，至此消失。

第六章　孩子

沉甸甸的梦境，梦里好像梦到醒不来的梦，头昏沉得要炸掉。一觉睡到了第二天傍晚，直到门铃不停地响，叶苜蓿才顶着欲裂的脑袋，挣扎着从床上爬起来开了门。

是份快递，疑惑的是她并没有网购什么物品。

拆开了包装盒，一条做工精致的手链安静地躺在底层。样式很像自己手上正戴的这条。她好奇地取出了手链，发现饰品盒底下有行小字。

每当城市亮起万家灯火的时候，是我最想念你的时候，却只能对着你在的那座城市说一声，我想你。不知道，你是否听得到？——顾南生。

叶苜蓿看到最后三个字时，手中的项链倏地掉落在地上，就像一枚钉子突然钉入了眼睛里，肿胀和疼痛迅速蔓延了全身每根神经和每个细胞。然而，时间却让痛苦委屈心酸不平都沉淀，曾经的灿烂曾经的沸腾最后都化成无名烟尘。

如同坠毁的流星砸向苍茫的大地，从此灰飞烟灭。就像W市七年前那次大规模的拆迁重建。

所有的旧建筑最后都被永远地埋在如今这片新城之下，没有人会记得七年前北街路口那家专卖情侣娃娃的小店子，当年小店所在的位置如今成了市中心商业大厦，更没有人会记得七年前有一对年轻恋人在那家店子里买了一对漂亮的情侣熊，七年间他们却分离在两个不同的国度，山水不相逢；七年后相逢在同一座城市，却又彼此不相见。

可是叶苜蓿还记得，她记得那家店子叫“饰爱一生”，记得自己拼命砍价时店主憨憨的笑，记得室友的表弟来宿舍里玩抱着那头熊不放硬是被自己给吼哭了，记得后来宿舍大扫除时那头熊被弄丢了，记得自己发着高烧跑了几条街终于找到了一模一样的一只，还记得……只是，身边再也没有另外一只熊，再也没有那个人。

一晃七年的光阴过去了。仿佛还是昨天，可是昨天已非常遥远。人世间的感情，是不是也如拆迁的建筑一样。一旦垮塌便瞬间成了尘土飞扬的废墟；就算来年可以建成更为繁华的大厦，可之前的根基也会重新选址定位的吧。就像人的感情，一旦被背叛，那么来时一点点垒砌起来的那座以爱之名的城堡也会被无情推倒，连根拔起，通通走向断瓦残垣般的摧毁，走向万劫不复的覆灭。

叶苜蓿记得自己曾在一本书上看过，鱼的记忆只有七秒，七秒之后它便不记得过去的事情，一切又都变成新的。此刻，叶苜蓿就多么希望自己也可以变成一条鱼，七秒一过就什么都忘记，忘记曾经爱过的人，忘记曾经发生过的事，让一切都烟消云散。

如果是真的忘记了，怎么还会心如刀割？

原来，誓言的“誓”是有口无心的。沉浸在伤痛中的叶苜蓿全然不知在小区楼下那辆银色宝马里，凝视着一片漆黑楼层的沈熙勋，正看不清表情地吐着烟圈。

其实，这份礼物是他辗转从谢谷雨那里拿到的，顾南生最优秀的设计作品，可沈熙勋却想要第一时间给叶苜蓿。

那个下着大雨的夜晚，当他拿着车钥匙刚步出电梯看见叶苜蓿埋着头坐在大厅沙发上看一本杂志，还偷偷举起手来擦拭眼角。在他走近的时候她却突然合上了杂志，虽然动作很快但还是被沈熙勋看见了那页上面有张男人的照片。

后来，他悄悄从一楼大厅取来了那本杂志，打开后看到了一个陌生的人：墨尔本顶级服装设计师——顾南生。当时沈熙勋并没有怎么在意，直到开会时谢谷雨提到米唐庆典纪念品定为限量版的情侣手套，特别邀请了一位朋友担任设计师时，他就隐约猜到是谁了。一次交代林婉媃工作任务时，沈熙勋不动声色地旁敲侧击了解到，叶苜蓿和顾南生两人大学时期便是情侣关系，但，七年前顾南生突然抛弃叶苜蓿和

别的女生飞去了墨尔本。

关了灯的车厢内，冷峻的男人又点燃了一支Panda，他很喜欢这款香烟的味道。像品了极其苦涩的龙井般，吸多了神经便跟着麻木了。

这串新手链和她手上戴的那串旧的，皆出自同一个人。今天特意将这份礼物送过来，是对她开始展开报复了吗？以她曾经深爱的男人为手段，那么就可以伤她伤得更为直接和彻底吗？可看到她难过的样子，醉酒的样子，他为何却不快乐？

男人吐了一口烟圈，在心底问。当初会欣然接受策皇董事长的任职聘请不就是因为交谈中他提到公司有位得力助手叫叶苜蓿吗？突然决定回国内不就是为了报复那个抢走了爸爸，害得妈妈变成植物人的叫叶惠茹的女人，还有她叫叶苜蓿的女儿吗？

没有人能够逃掉命运的安排，太多的东西只能单向行走。脸色灰沉的沈熙勋抽完最后一根香烟，漂亮的眼睛在深冬的黑夜里发出异常尖锐而冷峻的光。

被林婉媃无敌夺命连环Call吵醒的时候，叶苜蓿手里还紧紧拽着那串新手链。

“学姐，今天陪我去相亲吧！”电话那头，林婉媃娇嗔道。

叶苜蓿揉了揉酸痛的眼睛，看了看床头的时钟，早上6点。她刚想到自己昨天拿了快递后就倒床入睡了，就感觉到手里冰冷的金属感，一低头，瞥见手中的手链，不禁一阵恍惚。

“喂喂，听见我讲话没？今天陪我去相亲！”

“这么早，你是不是在梦游啊？”叶苜蓿回过神来，笑着说。她也不明白是笑林婉婇又要相亲，还是笑自己手中那串手链。

“哎哟，人家现在起床化妆嘛！”

安静如水的繁雅餐厅，一身淑女装的林婉婇旁边却坐着一脸苦瓜相的女人。作为领导和学姐，叶苜蓿只好硬着头皮陪她来了。

“学妹，今天相亲的对象又是哪路妖怪呀？”

“你才是妖怪，你全家都是妖怪！”

“好好，是哪路神仙大侠啊？”听到林婉婇如此回击自己，叶苜蓿白了她一眼。

“哼，今天这位可是婚恋网站介绍的，昵称叫‘白衣飘飘’，工作人员说这可是个金龟婿呢！可惜本人没有留照片，不过也没有什么，既然来了就先看看，长得抽象的话你就假装上洗手间然后拨我电话，我就借口说公司临时有事咱们就闪人！”

“真老套，上次你就是用的这招！”

“你要喜欢，我可以转让给你！”林婉嫀嘿嘿地笑着，让叶苜蓿不禁全身起了鸡皮疙瘩。“甭，对于男人我很淡定。”

“我也很淡定，但你比我还淡定，我淡定是因为我不怕遇到青蛙，你比我淡定是因为你不怕我遇到青蛙！”

“再丑的男人也要谈恋爱，谈到这个世界充满爱。”叶苜蓿又白了她一眼，提醒她注意淑女气质。

“要爱你去爱，反正看外表是姐来相亲的首要加必要条件！”

“两位美女，好巧啊！”笑容灿烂的蒋杰意外出现在她们面前。

叶苜蓿正想说“你怎么在这”的时候，只见林婉嫀突然尴尬道：“你不会就是××网介绍的‘白衣飘飘’吧？”并用眼神示意了下他手上拿的一杯玫瑰花茶。

“你是‘百合小姐’？”

叶苜蓿算是明白了过来，不由得笑出声来，“这个世界可真小啊，你们两个竟然是相亲对象！而且名字都取得那么恶俗！”

“是啊，世界太小，我也没有想到今天的相亲对象竟然是你的朋友！”

“是啊，还是我比较……的朋友。婉嫀，你也真逗，哪有相亲让人带玫瑰花茶的，直接带玫瑰不就得了！”

“玫瑰花茶作用大啊！不喜欢来的相亲对象就可以泼他

脸上嘛！”

蒋杰听了当场石化。

“林大美女，为了避免你泼我，我决定这杯茶就不送给你了！”蒋杰说着便将花茶放到了桌角处。

“蒋杰，医院那么多纯情小护士，你还缺女朋友？”

“我不喜欢年龄太小的，也不准备找个同行！”

“是啊，我不喜欢太老的，也不准备找个同行！”

“黄忠六十岁才跟刘备，德川家康七十岁才打天下，姜子牙八十岁才为丞相，佘太君百岁才挂帅，孙悟空五百岁才西天取经，白素贞一千多岁才下山谈恋爱。我说，两位年轻人，你们现在急什么呢？”叶苜蓿听了他俩的对话，没好气地说道。

“去年光棍，今年光棍，明年可能还是光棍。”蒋杰叹了口气，“不像苏泽那么好命，有你这么优秀的女朋友！”

“同学有主，同事有主，同龄似乎全都有主。”林婉媃也感慨道。

“两位，你们今天来相亲找男女朋友呢，还是找可以对对子的知己呢？”

“我找老婆。”蒋杰干脆道。林婉媃这会儿却没接话，倒是饶有兴致地剥起了餐盘中的一只大龙虾。“吃货！”叶苜蓿望了眼蒋杰无奈地笑了。

“林大美女，你知道这家餐厅为什么这么冷清吗？”看林婉媃这吃劲，蒋杰突然想捉弄她一下。

“生意不好呗，那网站也真是的，给我们推荐这么个地方！”林婉媃将剥好的那只大龙虾，故作优雅地送进了嘴里。

“因为这家餐厅是建在坟场上的啊，你正吃进去的虾就是吃那些尸体才长这么大个的……”不等蒋杰说完，已经有个身影以赛刘翔的速度冲向了洗手间。

从林婉媃和蒋杰的相亲会上回到家，苏泽打来了电话。

“苜蓿，在忙吗?”

“刚陪婉媃相亲回来，你猜她对象是谁?”

“不用猜，以她的要求至少也得是个高富帅吧!”

“你同事蒋杰不正是个高富帅吗!”听到答案，电话那头的苏泽有点儿小震惊。随后又笑着打趣道：“W市也真够小的。”

“睡了吗?”倏地，苏泽转移话题道。

“还没呢，蒋杰晚上大出血，我也吃得太撑了，一时半会儿还睡不着。”

“那你可以下来几分钟吗?就几分钟，我现在在你家小区楼下。”叶苜蓿疑惑地走到窗户边，拉开窗帘果然看到了四楼路灯下的那一抹身影。

“外面太冷了，穿这么点儿可别感冒了。”看到下楼来的叶苜蓿，苏泽快步上前，将自己的大衣脱了下来，搭在了她肩膀上。

“你……”叶苜蓿想着拒绝，才张嘴就被苏泽抢先说，“……别动，我这衣服可好几千元呢，掉地上就不好洗了！”

扑哧的一声。看着眼前被自己逗笑的女人，脸上还残存着明显的泪痕，苏泽的心剧烈地挣扎着：苜蓿，我不敢奢求太多，只想把跟你在一起的瞬间当成永远，把现在都变成回忆，一点一滴。

一个铿锵的声音在他心里响起：苏泽，既然早就认准了这条路，又何必在意还能走多久？苜蓿，无论如何，我等。等你忘掉他。

一大早起床拉开窗帘，窗户玻璃上悄然凝结了大量雾气。手机短信提醒，今天的温度只有7℃。“好冷，要买新棉袄了！”叶苜蓿正想着，林婉媃打来了电话。

“中午蒋杰约我吃饭，你陪我一起吧？”

“我有事呢，不去做电灯泡！”

“你怎么忍心让我一个人……对了……”林婉媃像是记起什么似的，“昨天逛街碰到顾南生了，比上次米唐庆典时来咱们公司那会儿憔悴了好多，你……”

不知道怎么挂掉电话的，叶苜蓿恍惚地走进人潮拥挤的亚贸商场。入冬潮流打扮的红男绿女随处可见，儿童服装店挤满了前来为小孩选购冬装的妈妈。

叶苜蓿穿着一件蓝色毛线编织的连身裙，未施粉黛的左

脸颊露出一颗浅色小雀斑，纤长的脖颈处系了条红色丝巾。两个小时的血拼，她瘦弱的手上提了四五个花花绿绿的服装袋。

W市郊区的福利院门口，面色慈祥的老妇人蹒跚着走了出来，“苜蓿，有好阵子没有来啰!”叶苜蓿笑着迎上前去，腾出手来亲昵地挽住了妇人的胳膊，“安姐，最近赶个活动，这不看着降温了就去商场给小红豆买了几件冬装。”

陶阮安帮她接了几个袋子过来，“豆豆一直挺乖的，不过这两天又开始念叨你了。”陶阮安看了看手里的表，“这会儿还在上美术课，还有几分钟就下课了。”

两人说着说着便走到了教学楼楼下，叶苜蓿将手上的袋子全都交给了陶阮安，走到窗户边去向教室内望去。教室黑板上画着一间小房子，坐在前面第三排的小男孩坐姿十分端正，正右手握着铅笔埋头画着什么。

正好奇着，教课的老师发现了叶苜蓿，便从教室后门走了出来，“豆豆妈，你来啦！有大半个月没见着你了!”

“李老师……”

“豆豆挺乖的，上美术课特别认真，画的东西也很棒，好像有天赋似的!”

“嗯，他爸爸是学设计的。”叶苜蓿不经意地脱口而出，说完了才意识到自己……难道是因为他回来了吗?

“那怪不得了，豆豆爸还没有回来吗?”不待叶苜蓿回答，李老师叹了口气，继续道，“唉，这些年真是苦了你们母子俩了！尤其是豆豆，多聪明的孩子，要不是那次事故，日后他肯定会长成很优秀的……”李老师话未说完，下课铃声便响了起来。

“你等等，我进教室喊豆豆出来！”

叶苜蓿记得，四年前，院里一个叫然然的小男孩取笑他为什么只有妈妈，而没有爸爸，肯定是爸爸不要他才将他送到福利院的。两个孩子起了争执，然然个头比较大，一失手便将小红豆从楼梯上推了下来。

一进医院便看见儿子躺在病床上，头被纱布缠得跟个粽子似的，陶阮安和李老师站在病床前不停地抹泪。

当叶苜蓿听了事情的原委后急着找到医生了解病况，被告知儿子从楼梯滚下来时由于头部撞到硬物导致脑神经受损，可能有恢复正常的一天，也可能以后一辈子都好不了。陶阮安和李老师听了不住地自责，叶苜蓿已然晕了过去。

在随后的两年里，她带着小红豆跑遍了国内外大大小小的脑科医院，却都被冷漠地婉拒——无法治疗，只能听天命由天意。

“妈妈！”突然两只胖乎乎的小手拽住了叶苜蓿的衣服，她回过神来，一双豌豆大的眼睛正炯炯有神地望着自己。

“宝贝儿！”叶苜蓿蹲下来一把抱住小男孩，往他光亮的额头上重重地亲了一口。

“妈妈，你怎么好久都不来看豆豆了？是不是不要豆豆了？豆豆在学校很乖的，很听院长奶奶和李老师的话……”

未等小男孩说完，红着眼眶的叶苜蓿将他紧紧地搂入怀里，“妈妈不是不要豆豆了，只是妈妈工作太忙了，妈妈要努力挣钱给豆豆还有院子里其他的小孩买新衣服和新玩具，妈妈那么爱豆豆，妈妈要一辈子都和豆豆在一起！”

“豆豆也很爱很爱妈妈，豆豆也要和妈妈永远在一起！”小男孩亲昵地亲了叶苜蓿一口。

“苏先生，您也来了……”

“天气越来越冷了，送两件衣服过来。”不远处，突然传来熟悉的声音。

“阿泽……”叶苜蓿站了起来，怀里的小男孩立刻挣脱她的怀抱，向身后的男人奔了过去，“苏叔叔！”

“豆豆……豆豆好像又长高了不少呢！”苏泽取下自己的围巾，套在了小男孩的脖子上，捏了捏他红通通的鼻子，“冷吗？”

“不冷，看到妈妈和叔叔都来了，豆豆一点儿都不冷！”小男孩兴奋地望了眼叶苜蓿。

“豆豆，今天叔叔带你出去玩，好不好？”

“好！豆豆好久没有出去玩了！”

看见儿子开心的模样，叶苜蓿跟陶阮安打了声招呼后就同苏泽一起带着小男孩出了福利院。W市最大的儿童乐园门口，一下车，小男孩便被广场上巨型的人形玩偶吸引住了。

“妈妈、叔叔，你们看，好大的熊猫哦!”

“豆豆喜欢熊猫吗?”刚说完叶苜蓿就看到不远的门票出售处，一个穿着白T恤的男人陪着女人还带着一个约莫五六岁的小女孩正在排队入园。那对璧人不是别人，正是顾南生和许良辰。不知道是阳光太大刺花了眼，还是广场人太多晃了眼，叶苜蓿只觉得眼睛涩涩地疼。她扭过头来不去看他们，结果一低头发现儿子已不在身边了。

“豆豆……”叶苜蓿吓得慌了神，喊了几声都不见回答，泪水急得快要掉下来。刚买完门票回来的苏泽，看到她泣不成声大声喊着：“豆豆，你在哪里?”

“豆豆……”苏泽一边掏出纸巾来安慰叶苜蓿，一边在人群中焦急地搜索着。“我们分开找，等会儿还在这集合!”

苏泽刚没入人群，叶苜蓿就听到身后传来一声“妈妈!”一转身，儿子手中拿着一只熊猫娃娃向自己跑了过来。

叶苜蓿立即蹲下来，紧紧抱住了他，泪水还在眼眶打转，“你跑哪里去了，吓死妈妈了!”

“我追那只熊猫去了……妈妈怎么哭了?”

“叶总监。”还未来得及擦干泪痕，眼前却突然出现年轻男人的面孔。

“沈总!”叶苜蓿惊讶道，他怎么会在这。

“妈妈，我的熊猫娃娃就是这位叔叔买给我的!”

“谢谢你！”叶苜蓿语气淡然，并不去看他那双终年大雾的眼睛。

“叔叔，你认识我妈妈吗？”小男孩仰着脑袋，眨着充满了天真的眼睛，向沈熙勋问道。

“当然认识啊！”沈熙勋一脸笑意，温柔的口吻，让叶苜蓿错觉他并没有自己一直认为的那么冷漠和无情。

“那叔叔也认识我爸爸啦？”

“爸爸？”叶苜蓿没有料到儿子会忽然问出这个问题，赶忙说，“豆豆乖，这位叔叔不认识爸爸！”

沈熙勋正准备问出心中的疑惑，眼角却瞥见另外一个男人走了过来。

“豆豆！”苏泽再次看到小男孩的身影，悬着的心终于安定下来。“苜蓿……”他望了眼一旁的陌生男人。

“这位是策皇的总经理沈熙勋，是他找到豆豆的。”叶苜蓿解释道。

第七章　忏悔

幸运草工作室的开业典礼，叶苜蓿并没有去，倒是沈熙勋陪着谢谷雨去了。沈熙勋那天在儿童乐园找到豆豆时的温柔口吻，让叶苜蓿觉得是一场梦。

他那么严酷的男人，怎么会有那么温和的一面？而回到策皇后，他又恢复了原有的冷漠。不愿过多思考关于沈熙勋这个人，叶苜蓿欲起身去茶水间倒杯热水，结果桌上的手机振动了。“阿泽……”

“……上次真抱歉，没能陪豆豆玩。”

“没关系，以后有时间再去吧，还要谢谢你买的衣服呢，安姐来电话说豆豆穿得很合身。”

那天找到豆豆后，简单的招呼后，沈熙勋随后离去。苏泽却临时接到电话，有场紧急手术需要他赶回医院。

“一晃豆豆都六岁了……苜蓿，你不准备告诉他吗？”顾南生现在回国了，如果让他知道自己还有个六岁的儿子，他会怎么样呢？苏泽没有勇气去揣测。

“七年前，我的生活就与他无关了。”

虽是听到叶苜蓿淡淡的口吻，可苏泽明白，她的心里还住着顾南生。

这也是为什么这些年，尽管她已成为自己的女友，可他却觉得两人中间横亘着什么似的。他想穿越，可怎么也触碰不到叶苜蓿的心扉。

你永远不知道你能有多爱一个人，直到你眼睁睁地看着她心里全是别人，你才知道嫉妒是一件有多恶心的事。

“晚上一起吃饭吧？”苏泽若有似无地叹了口气，转移话题道。

重来餐厅，上次苏泽带她来过一次后，叶苜蓿就喜欢上了这个地方。一落座，便有热情的侍者持着菜单上前。

“小姐，一个人吗？想吃点儿什么？”

“还有一位，来了再一起点吧。”叶苜蓿礼貌地回道，先要了一杯热白开。

夜凉如水，郊区的福利院显得更为孤独和清冷。

“您是？”借着门口星点的灯光，陶阮安谨慎地看着门外的陌生男人。

“您好，我姓沈，是叶苜蓿的朋友。听说她的小孩在这里，我刚好路过就顺便过来看看。”

原来是叶苜蓿的朋友，陶阮安放松了警惕，拉开了大门。

“沈先生头一次来吧？苜蓿和苏先生前两天才来过。”陶阮安边请沈熙勋入院，边闲聊道。

“嗯，我也是前两个月才回国的。”

“回国？难道您是……”陶阮安不敢往下猜测。

“不会，不会……照片上不一样……”陶阮安想着曾在照片上见过豆豆的爸爸，模样比眼前的男人要清秀一些。

看见对方欲言又止、自说自话，沈熙勋倏地疑惑了。

“您……”

“哦，我是这儿的院长，大家都喊我安姐。”陶阮安迅速回过神来，自我介绍道。“这么冷的天，沈先生还来看豆豆，真是有心了！”

因为时间太晚，孩子们都已经入睡了。陶阮安只好将沈熙勋带进了院长办公室内，给他倒了杯热茶。“真不好意思，让您白跑一趟了。”

“没关系。安姐，我能问一个事吗？”

“沈先生别客气，您尽管问……”

“我想问问，那个叫豆豆的小孩是叶苜蓿亲生的吗？”话一出口，就看见陶阮安推了推鼻梁上的老花镜，眉头紧锁。

“……我没别的意思，作为她的朋友，只是想看能不能

帮帮她。”看出了陶阮安的犹豫，沈熙勋继续道。

“看得出沈先生是个热心人，既然您和苜蓿是朋友，那我也就实话实说了。其实这事说起来，苜蓿和孩子也挺……”陶阮安长长地叹了一口气。

那是六年多前的事了，一个下着大雨的夜晚，我突然接到我表姐的电话，她说家里有个年轻女人难产，太晚了叫不到车，问我能不能过去帮忙。

当我赶到表姐家的时候，苜蓿正大着肚子躺在狭小的床上满头大汗，双手紧紧拽着床沿痛苦地挣扎着。虽然我是学护理出身，但从未给别人接生过。

一开始我不停拨打120，奈何救护车也不能很快到达。眼看她要临盆了，表姐焦急着赶鸭子上架，我就无奈应允了。毕竟这是两条人命。

我上前去拽住她的手，告诉她我是护士，稳住她的情绪，让她别紧张。她却一个劲儿地求我一定要帮她把孩子生下来，我看见她睁大的眼睛里全是红血丝。生产的六个小时里，她疼得死去活来，却倔强地忍着。如此倔强和坚强的女人我还是头一次碰到。

“姑娘，要是疼，就喊出来吧!”

我俯在她耳畔说，但她硬是死死咬着布包，直到听到小孩响亮的一声啼哭，她也没有喊出一个字来，身下的血水浸湿了整张床单和房间内的地板，最后她昏死了过去。

给孩子小心翼翼地剪掉脐带，找了件干净的被单裹上。表姐才缓缓告诉我，关于这个女人的故事。苜蓿租了表姐一间空置的房子，本来表姐是不准备租给她的，但看到她大着肚子，听她说被男朋友抛弃后租住在地下室里，那种潮湿阴暗的环境对肚子里的孩子有影响，便搬了出来。表姐见她可怜，以最低价将房子租给了她。

那晚正好是前去收房租，结果敲了半天门都没有人答应。表姐用备用钥匙开了门进去，惊恐地发现躺在床上痛苦挣扎的苜蓿。看她样子怕是要生了，叫不到车才打电话给了我。表姐说，她那晚要是不开门进去的话，估计就一尸两命了。

直到第二天傍晚，苜蓿终于清醒了过来。她一脸苍白，脸色如死灰般一直盯着躺在襁褓中的小婴儿。许久，她突然笑了，给孩子取了个名字——红豆。

没有料到的是，两个星期后她竟抱着孩子来福利院找到了我。

“我没时间和精力照顾孩子，您能不能先帮我照顾一段时间，我去工作赚钱，给您费用。”她紧紧抱着孩子，声音很是虚弱。

起初我也很为难，因为福利院那两年收养了太多无家可归的孤儿，没有经济来源，仅靠社会一些好心人的微薄善款，如果再多收养一个生活只会更拮据。像是看出了我的犹豫，她扑通一声跪在了地上，苦苦地央求着我。后来，孩子便被寄养在了福利院。她也没有食言，按时送来费用。

不仅是小红豆的，还有福利院其他孩子的。她拼命地上班，业余还做了几份兼职。这些年来要不是她一直接济孤儿院，那些孩子早就没有地方可以待了。

“苜蓿这些年来着实不容易啊!”

陶阮安抹了抹眼角的泪，声音湿润地继续道：“后来也多亏了苏先生，要不是他帮忙，红豆也没法留在福利院。”

“谁料生活刚有点儿盼头，祸不单行，出了意外，红豆和福利院另外一个孩子吵架，被对方失手推下了楼梯摔坏了脑袋……”

亲生的孩子？结婚了？痴呆？一串意想不到的字眼占据了沈熙勋的脑海。还不及悲悯，他的心又很快被仇恨侵蚀：这大抵就是报应吧。

离开福利院之前，沈熙勋掏出一沓人民币交给了陶阮安，仍沉浸在悲痛中的陶阮安恍悟过来，连忙推还他的手拒绝。

“您就收下了，天越来越冷了，给孩子们添置些过冬的衣物。”

见男人执意，陶阮安也就不胜感激地收下了，“谢谢，谢谢……”

在福利院门外不远的马路上，车厢内的男人点燃了香烟。他脑海里不断地回响着陶阮安说的那些话。原来她还有个六岁的儿子，原来她这些年过得并不好，原来她还在租房子住，原来她每天上下班挤公交是为了省下钱来接济福利院……沈熙勋好像对这个不幸的女人有些心软了。

“沈熙勋，你别忘记了她是那个仇人的女儿，当年是她们抢走了你的爸爸!”

“沈熙勋，你怎么可以同情她，可怜她，你要记得你妈妈是怎么变成植物人的，你要记得你背负的仇恨，你要报复她们，你要让她们为当年的所作所为付出惨痛的代价……”

一个个冰冷的声音在沈熙勋的心底相继响起。

也许，有些隔绝在人与人之间的东西，是如此轻易地就在彼此间划开深深的沟壑。下过雨，再变成河，于是就再也没有办法渡过去。

沈熙勋想起叶苜蓿苍白的侧脸，想起了小男孩天真的笑，想起了那栋破旧的孤儿院，想起了陶阮安老泪纵横的眼……这条河，真的就不能渡过去吗?

他在心底问自己，纠葛的思绪突然被手机铃声打断，

“好，我马上飞过来。”

挂掉手机后，沈熙勋快速掉转车头直奔W市机场。

入夜的冬天格外的冷，尽管重来餐厅的暖气开得很足，可杯子里的热白开还是很快便冷却下来，但被耐心的服务员微笑着续了又续。

叶苜蓿百无聊赖地看了看手机，21：07。正准备给苏泽打个电话，不料手机的时间的桌面突然切换成本地来电。

“安……安姐……”这么晚了，陶阮安忽然打来电话，莫非……叶苜蓿瞬间变得有些紧张，连说话都不利索起来。

“苜蓿，还没睡吧，没什么事，就是告诉你一声，你的朋友刚来福利院了。”听到陶阮安的话，叶苜蓿放下心来，随之疑惑道：“哪个朋友？”

“他说他姓沈，高高瘦瘦的，还留了一笔钱给我。”

沈？她的朋友并没有姓沈的，难道是……“他是不是开了辆银灰色的车？”

“对，我送他出的福利院，沈先生可真是好人啊！”

他去福利院干吗？接完陶阮安的电话，叶苜蓿百思不得其解。正思考着，手机又振动了，迟迟不露面的苏泽来电了。

“苜蓿，不好意思，今晚怕是要放你鸽子了！院里一位前几天做完手术的病人病情复发了，还没处理好……”

听着苏泽的喘气声，“没关系，你先……”叶苜蓿话未说完，电话那头隐约传来，“苏医生，病人……”

“苜蓿，我先挂了，你记得吃晚饭!”

盯着手机桌面显示“通话结束”四个大字，叶苜蓿有些失落。

“苜蓿?”听到有人喊自己名字，叶苜蓿合上手机，一抬头就对上了那双如星子般好看的眼睛。

“一个人吗?”从工作室庆祝晚宴中逃脱出来的顾南生，驱车来到了早就听闻的这家餐厅。餐厅名“重来”，让他心里一阵悸动。找位置之际，恰好瞥见墙角一抹熟悉的身影。看见只有她一个人，顾南生试探着问。

因为对于现在的他们，连一句问候恐怕都是奢侈的。

叶苜蓿并未理睬，伸手按了按桌上的服务器，喊服务员埋单。从餐厅出来，还未来得及上餐厅门口停泊等客的的士，顾南生就从身后一把抓住了她。

“苜蓿……”

“顾先生从国外回来，连最基本的礼貌都忘了吗?”叶苜蓿用力地甩开他的手，嘲讽道。

“你就这么不待见我?”

顾南生以为就算当年是自己背叛了她，抛弃了她，可那些年他们共同有过那么多的美好回忆，他想着她多少会念着点儿。

“早就不是两个世界的人，何必纠缠。”叶苜蓿撇过脸去，不想让眼前的男人看出自己的挣扎和矛盾。

“我知道是我对不起你，是我自私，是我浑蛋，我不该……”

“顾先生，你觉得七年前做的事情，七年后再来忏悔会有人听吗？”

“对不起……”顾南生低垂着眉，眸子里有湿润的东西滑过脸颊。

“不必，我不是你的听众，你也不是话剧院的。”

听到那丝丝的哽咽声，看到她眼里一向阳光的顾南生当着她的面哭泣，叶苜蓿不是不动容，不是不痛心的。可动容又能如何，痛心又能如何？她也只是一个普通人，会固执，会放弃。她是人，不是神，不是所有的一切她都能承受，都能原谅。

一支点燃的香烟被夹在纤长的手指间。顾南生抬起头来，不敢相信自己深爱的女人，当年那么单纯的女生如今居然……

“你什么时候学会了抽烟？”

听出了男人的诧异，叶苜蓿冷冷地笑了，“人都是会变的，就像你当初说一辈子不离开我只爱我一样。”

“苜蓿，可不可以再给我一个机会……”

顾南生久久凝视着眼前的女人，她抽烟的熟练姿势，还有眼睛里流露出的明显的陌生感，但其他的好像都没有变样，她还是那头秀美的长发，还是那副瘦削的身材。

如果时光能倒回，那该有多好。

顾南生始终相信，这个世界上，总有个人治得了他。七年前，叶苜蓿能治得了他；七年后，仍能治得了他。在C大期间，只要看到她，他的坏脾气自然会收敛起来。看到她，他的沮丧会消失得无影无踪。跟她在一起，他才发现自己从没这么温柔过。跟她在一起，他会努力表现得聪明些。爱上了她，他开始相信命运，是否前世他欠了她什么。

是的，只有她治得了他。

“机会？呵……不好意思，我已经结婚了，我想顾先生也不至于会破坏他人美好的家庭吧。”想起许良辰无名指上那枚戒指，叶苜蓿的瞳孔灼热般疼。

520除以3除不尽，所以爱情里面是容不下第三者的。的士上，林婉婇曾说过的一句话回荡在叶苜蓿耳际：爱上谁便是递给谁一把尖刀，但你无法预知哪天他是会用来为你削苹果，还是朝着你心口狠狠扎下。

倏地，她终于忍不住痛哭起来。

“姑娘，怎么了？和男朋友吵架了吧，没事儿，情侣间吵架常有的事儿，你主动撒撒娇就和好了，男人嘛都要面子……”在餐厅门口等客，目睹了两个人伫立在那儿半天的

的士司机安慰叶苜蓿道。

“谢谢，我没事儿。”叶苜蓿声音哽咽着感谢道。一个人一辈子说过最多的谎话就是，别人问：“你怎么了？”你却逞强地说：“没事。”

叶苜蓿强迫自己不去想他，却越来越想，强迫自己止住眼泪，却越哭越凶。

很多事情终究要亲自受伤，才能够彻悟。

没有一个人非要另一个人，才能过一生。

第八章　重来

没有开灯的幸运草工作室内，皎洁的月光透过巨大的落地窗投射进来，照亮了满地横七竖八的啤酒瓶。

啪！工作室的灯突然被开启，刺眼的白炽灯让躺在地上烂醉如泥的男人忍不住举起手臂来挡住自己的眼睛。

“南生！”许良辰惊诧道，“你怎么睡在冰冷的地上……这么多空酒瓶！”她急忙跑上前想扶顾南生起来，一靠近，男人身上浓烈的酒味儿让她一阵刺鼻。

“你喝这么多酒干吗？”

今天庆祝工作室开业的晚宴上，顾南生瞬间消失，待许良辰陪完嘉宾再打他电话时，转入语音提醒。许良辰一边捡好啤酒瓶，一边扶起躺在地上的顾南生。

“她没来就算了，至于这么折腾自己吗？！”

“苜蓿……苜蓿……”顾南生并未睁开眼睛来，嘴里却一直喃喃自语。

“都七年了，她不在你身边却还能如此地霸占着你的心！”许良辰倏地红了眼眶。她知，一直都知，不是自己不懂如何学会放弃，而是根本就无法掌控，根本就无法抓住。

“呵呵……”凝视着眼前不属于自己的男人，空旷的工作室内忽然响起女人沉甸甸的笑声，冷冷的，冰冰的，像凝结在窗外玻璃的厚厚雾霭。

深冬的夜太过安静，静得能听见自己心跳的声音。当爱一个人，却无法拥有他时，放弃还是继续？很多人都说放弃吧，不要再浪费青春。但是，只有你明白，自己真的放不下。如果能放下，早都已经放下了，根本不会到现在这个地步。

如果在C大许良辰没有遇见顾南生，或是顾南生没有遇见叶苜蓿，抑或许良辰没有遇见叶苜蓿，那么他们三个人会不会有完全不同的结局？

是谁说的，聪明的人喜欢猜心，也许猜对了别人的心，却也失去了自己的。傻气的人喜欢给心，也许会被人骗，却未必能得到别人的。

他不爱我。尽管如此，他还是赢走了我的心。

顾南生，十二年了，整整十二年了，我对你的爱并不比你对叶苜蓿的爱少。我真是一个傻瓜。很爱很爱你的超级大傻瓜。

泪水无声地滑落，而人生又能有多少个十二年呢？

美国郊区某疗养院，安静的病房内，瘦削的中年女人戴着氧气罩躺在病床上。

沈熙勋坐在病床前，深深埋着头，眉头紧锁。

此刻，他比任何人都明白：你万箭穿心，你痛不欲生，也仅仅是你一个人的事。别人也许会同情，也许会嗟叹，但永远不会清楚你伤口究竟溃烂到何种境地。

“曹医生，我妈妈的病情不是一直很稳定吗，怎么突然会恶化?”

“沈先生，你不要担心，昨晚给你电话之前我们就为你妈妈做了全面检查，具体结果要晚点儿才能出来。”

“妈妈，你怎么了？你一定要醒过来……”

男人的眸子里布满了红血丝，身影落寞而憔悴。他紧紧握着病床上插满了针管的女人的手，声音低低的，凄凉的。

“妈妈，你这样是在怪我对她们突然心软了吗？妈妈，你这样是在惩罚儿子不孝吗，妈妈……”那些心痛和无助，已经脆弱得发不出声音来。

人的身体感觉，总是在精神感觉到来很久之后才会姗姗来迟，就像是光线和声音的关系。一定是早早地看见了天边突然而来的闪光，然后连接了几秒的寂静后，才有轰然巨响的雷声突然在耳孔里爆炸开来。同样的道理，身体的感觉永远没有精神的感觉来得迅速，而且剧烈。一定是已经深深地刺痛了心，才会有泪水涌出来哽咽了喉。

男人的泪水一颗颗砸落在白色的床单上，显示了灵魂的悲痛。

“阿勋……”身后有人轻轻拍了拍他的肩膀，沈熙勋回过头来便扑入了女人的怀里。

“姑姑……”

病房外狭长的走廊上，江黎岚叹了口气。

“我也是昨晚接到医院的电话，阿勋，你别担心，你妈妈会没事的!”

“姑姑，你说妈妈会死掉吗?”

沈熙勋目光空洞地盯着窗外，只觉得看着时间匆匆离去却又无能为力。

“傻孩子别瞎说，你妈妈还要看着你结婚生子呢，她一定会好起来的!”

“可是姑姑，我有时候都在想，与其让妈妈每天躺在这里痛苦地接受各种治疗，倒不如让她早点儿解脱了……”

“医生不是说还有清醒过来的机会吗?”

“这些年她就一直孤单地躺在病床上，我觉得自己的人生真的好累。”

“阿勋，去见见你的爸爸吧!”

“不，我不要见他，我恨他！我恨那个女人！我恨他们的女儿！是他们害得妈妈变成了现在这个样子!”沈熙勋愤恨道，眼角的火光窜上玻璃窗镜面。

“哎！外面下雪啦……”

经过走廊上的小护士突然兴奋地喊道，其他护士和病人听了纷纷跑出来拥挤在窗边。沈熙勋盯着窗外一片片飘落下来的雪花，陷入了良久的沉默中。

沈熙勋静默地凝视着楼下渐渐被覆盖了一层雪花的地面，一片苍茫的白色，倏地好像听到某种东西在内心深处迅速拔节的声音。

“熙勋，你妈妈的诊断结果出来了，只是出现了药物排斥现象，现在已经没有什么大碍了，放心吧。”看见在窗户边发呆的沈熙勋，手中拿着检查报告的医生走了过来。

“妈妈，你终于没事了！妈妈，原谅儿子的软弱！我不会让你失望的，我会让那对母女付出惨痛代价的！”沈熙勋不舍地看了看躺在病床上的母亲，离开了医院。街上的寒风迎面刮来，他掐灭手中的香烟。

无论如何，寒冷总是让人绝望的。

无论如何，仇恨总是让人铭记的。

凝视着窗外飘落的雪花，叶苜蓿将暖气调高了。

“叶总监，楼下有人找。”秘书台电话转进来的时候，叶苜蓿刚按下空调遥控器的“OK”键。

“现在还是上班时间，我只有五分钟。”策皇附近的咖啡厅内，叶苜蓿开门见山地说，她实在不愿与眼前的女人还有

任何一丁点儿纠缠。

“我输了。”

对面的女人低垂着眉，许久才吐出这三个字。口吻无可奈何，又像是松了口气。

“许小姐，我不明白你到底想说什么，我想我们还是不要浪费彼此的时间了。”叶苜蓿面无表情地说，站起身欲离开。

“苜蓿，你能不能和南生好好地聊一聊？”

“聊什么？没什么好聊的！我和顾先生也不熟，请你们二人以后别再打扰我的工作和生活！”丢下这句话，叶苜蓿毅然踏出了咖啡厅。看着一片片雪花飘落，落在地上，片刻化为乌有，叶苜蓿心里莫名地难受。

刚回到办公室，还来不及翻开手中的文件，桌上的电话又响起了。

“叶总监，苏大少来了！”

一身深色毛衣，整宿没合眼的苏泽坐在一楼大厅的休息区。

“阿泽……”

听到那抹熟悉的音，正翻着时尚杂志的男人忽然显得有些慌乱，他迅速地合上杂志抬起头来，但脸上闪过的复杂情绪还是被叶苜蓿捕捉到了。

“看什么呢？”叶苜蓿心里有种不好的预感。

“没什么，娱乐新闻而已。”

苏泽假装洒脱道，将杂志放回了沙发旁的展柜。还未完全放入，杂志已然被另一只手夺了过去。

《著名设计大师顾南生疑有新欢》，随意地翻开，首页刺眼的大标题配着数张放大的彩照赫然出现在叶苜蓿眼前，照片的主角竟然是顾南生，不可思议的是她自己的身影也在其中。照片背景是重来餐厅的门口，整篇报道的内容无非是对两人长时间纠缠的描述，还有自己身份也被该杂志揭露：某广告名企总监。

“苜蓿……苜蓿……”

连喊了几声，叶苜蓿都充耳不闻，只是愣愣地盯着那些照片和文字，苏泽越发觉得不安起来。他从叶苜蓿手里一把抽出杂志，扔回了展柜。

“阿泽，我好累……”咖啡厅内，女人捧着一杯热咖啡久久失神。

“我好像还是忘不了他。”

“我知道，这七年来你对他念念不忘，我一直都知道。”

“对不起……”

“苜蓿，如果真的放不下，那就再给他一次机会吧。”

这句话看似云淡风轻地说出口，苏泽内心却响起一阵枪响。开枪的人，是他自己。多么痛心的感觉，让自己喜欢的

人回到她喜欢的人身边，而她喜欢的人，不是他。

“可是，时间回不去了。”咖啡杯内冒出的热气花了人的眼睛，叶苜蓿瞳孔膨胀得掉下一滴滴泪水。“回不去了……”

“能……能回去的。”清香的纸巾递了过来，苏泽温柔的话落在耳际。

眼前那座古朴的校门让叶苜蓿恍如隔世。C大，这个充斥着回忆的地方，这个遇见爱情、毁灭爱情甚至友情的地方。叶苜蓿未曾想过，七年后旧地重游会是这样一种苍凉的心情。

“我们进去吧。”谎称校内有学生病了，苏泽凭着医师证件很顺利地就带着叶苜蓿通过了保安的询问。

因为是上课时间，偌大的校园显得很是空寂。两个身影并着肩无声地走着，路两旁树木光秃秃的枝丫更增添了这个深冬的萧瑟感。

“换新的了。”倏地停下脚步，伫立在路旁一块蓝色的校内建筑方向指示牌前。叶苜蓿缓缓地开口，语气里掩饰不住的落寞。

“七年了，还有什么是没有改变的呢？”女人怅然地抬头，“阿泽，还记得我们当时的小礼堂吗？”

“记得，不知道还在不在？”苏泽环顾四周，看到篮球场上有活跃的身影，“等我一下。”快速地跑了过去，不一会儿又折了回来。

“打听了，已经改名了。”他用手指了指指示牌上那个新名字，“若水台。”

让叶苜蓿和苏泽惊讶的是，曾经那座狭小的礼堂，被修葺改造后如今俨然成了一座大型演出厅：白色的外墙在冬日的天光里显得尤为肃穆、庄严。“变化挺大的！”苏泽说，“新生晚会，你坐的是最后一排吧。”

“呃，你怎么知道？”叶苜蓿不敢置信地问，“你也坐最后一排？”

“嗯，不过是抢来的位置！”

“抢来的？”叶苜蓿疑惑道，转而像想起什么似的，忍不住笑了。

“怪不得第一次见到你就觉得有点儿眼熟呢！”

“是啊，一晃认识你十年了。”

见叶苜蓿不说话，苏泽继续道：“我还记得你在这里摔倒过。”

那还是大一的时候，有小有名气的歌手来C大开小型演唱会。待叶苜蓿下完自习赶过来，人头攒动的礼堂门口已经挤不进去了。奈何她个头又小，推搡间被挤到了地上，最后还是身旁的陌生男人好心将她拉了起来。

“还记得不？”见叶苜蓿还在努力地回忆，苏泽迅速跑至叶苜蓿曾经跌倒的那个位置，伸出手来重复了一遍当年的姿势。

见苏泽这般，叶苜蓿忽然就记起了，“居然是你!”她的语气里满是不可思议。

苏泽讪讪地点了点头，他没有告诉叶苜蓿，在C大的那三年里，哪里有叶苜蓿的身影，哪里就有他的身影。或者说哪里有叶苜蓿和顾南生的身影，哪里就有他苏泽的身影。

如果守候是苦，你怕不怕付出？如果坚持是苦，你会不会选择结束？有一种爱，明明是深爱，却说不出来。有一种爱，明明想靠近，却无法向前。苏泽付出了，坚持了，深爱了，靠近了，可仍没有得到叶苜蓿的心。

离开若水台，两人相顾无言。因为眼前的地方，叶苜蓿太过熟悉。

“你第一次哭是在这里。”苏泽开口道。

“阿泽，我们应该早就认识了吧？”不再讶异于苏泽怎会对自己如此了解，甚至有关顾南生的一切。叶苜蓿隐约明白，苏泽既然告诉她时间回得去，她就应该猜到了。

“嗯，那天你哭得很凶，一包纸巾都不够用。”

想起当初那个独自哭得伤心的人影，苏泽胸腔处倏地一阵抽动。叶苜蓿不知道，她哭的时候，苏泽是有多想上前去用力地抱着她。

“……我想安慰你来着，可你却头也不回地走掉了。”

叶苜蓿记得，那天因为看到顾南生和别的女生有说有笑地走在一起，委屈地找他理论。奈何顾南生当天刚被辅导员训斥心情也不好，觉得叶苜蓿完全是无理取闹，根本不理睬她。最后，叶苜蓿哭着跑开，来到了校内的小亭子里。她一个人伤心地哭了好久，后来突然有人递了包纸巾过来。她以为是顾南生，拿了纸巾便跑开了，却未曾料到那递纸巾的人竟是如今站在她身旁的苏泽。也许正如：曾经相遇总胜过从未碰头。

“我拿走了你的纸巾也没跟你说谢谢。”

所有沉睡的过往都被慢慢叫醒，时光好像是沙漏里的沙子。回忆里那么多连贯不起来的情节，如今却因为同一个人而拼凑成了一个完整的青春。

丁零零……两个陷入回忆里的人被学校里的下课铃声拉回现实。

“阿泽，你今天是陪我来找回忆的吗？”

“我想让你相信时间是能回得去的！”如果时间真的回得去，那她也会跟顾南生再次走到一起。想到这里，苏泽胸腔内的那颗核状物体越发疼痛难安。

“重新将这些充满记忆的地方走一遍，当真就能回去吗？”叶苜蓿喃喃自语。

其实，苏泽并不明白，对于叶苜蓿来说，这些与顾南生有着回忆的地方，好似一个巴掌，每到一处，叶苜蓿就像挨了一记耳光。

“别再继续了，我们还是回去吧。”叶苜蓿停住铅重般的脚步，说道。膨胀的泪水在转身的那一刻悄然滑落，没入这片爱恨纠葛的校园。

这一刻，她无比清楚，这世上最无法倒流的，便是时间。

爱情就像一场舞会，教会你最初舞步的人却未必能陪你跳到散场。顾南生那句“我爱你”的誓言，终于在后来某个时刻，变成叶苜蓿心上一道大风吹不走大火烧不灭的伤痕。

年轻时，叶苜蓿认为那只是一段感情。后来才知道，那其实是一生。

一恍神，一刹那，他们就这么垂垂老去。

“苜蓿，如果哪天，我可以越过你的眼泪，你忘却你和他的一切，这样，我们会不会有幸福的可能？”

苏泽在心底感慨道，许久才缓缓开口：“如果忘不掉，如果仍爱着，那你还是回到他身边吧。”

第九章　秘密

C市的深冬，比W市还要冷。看着从教学楼里进出的年轻面孔，叶苜蓿只觉得自己老了。这种沧桑不仅仅是年龄上，更是心灵的疲惫。

恋恋不舍地回眸一望，叶苜蓿这才出了C大校门上了车。她也不知道自己到底在执着什么，但她知道，她一直都在为难自己。

“送我回办公室吧。”无力地说完这句话，叶苜蓿就昏沉沉地睡去。

苏泽一边开着车子一边觉得窗外的风景就像自己这些年的岁月，一眨眼便从眼前溜到了耳后。一个男人表面看起来再怎么沉稳，在他眺望远处的某个时刻，瞳孔的深处也一定放映着属于他的曾经，若你与他心照，你也一定会感觉到他眼睛一瞬间流露出的无奈与纠葛。

“苜蓿，我希望你幸福。哪怕给你幸福那个人不是我。”

四个小时后，车子开入了W市市区，但却遇上了红绿灯。苏泽目光不经意地瞥向街道旁的大厦，巨幅电子屏上正播报着晚间娱乐新闻。

“日前，某娱乐杂志曝光了一组疑似墨尔本著名设计大师顾南生的新欢照，据知情人士透露，该女生其实并非顾南生的新欢，而是他的初恋情人，W市某广告名企策划总监。”屏幕上浓妆艳抹的女主播模仿着港台腔，表情极具夸张。

“据本台记者今天下午采访得知，顾南生与此女子还有一私生子……”画面随即切换，只被模糊掉眼睛的小红豆一脸受惊地出现在屏幕上。

苏泽震惊了，直至红灯变绿他仍没有回过神来。后面的车子连续发出不悦的喇叭声，吵醒了叶苜蓿。

“怎么了?”叶苜蓿揉着满是红血丝的眸子问。

“没事，你再睡会儿吧，才到市区。”听到叶苜蓿的声音，苏泽慌乱地将目光从车窗外收了回来。

叶苜蓿还来不及说些什么，包里的手机振动得强烈。无力地掏出来，看了看来电显示，“安姐……”

“苜蓿，你快过来吧……”电话那头，传来陶阮安的哽咽声。

宁安孤儿院内，陶阮安怀里紧紧抱着的小男孩正不停地哭泣。“苜蓿，下午院里突然闯进来几个人，他们手里拿着相机和摄像机，对着豆豆一阵拍……”

被吓傻的小男孩缩在陶阮安怀里一声不吭，目光直直地盯着地面。“豆豆……”叶苜蓿试探着喊了声，可小男孩仍无动于衷。

“豆豆……我是妈妈……”蓦地，叶苜蓿泪如泉涌，“豆豆，你说话呀，你别吓妈妈!”

站在一旁的苏泽也慌了神。刚叶苜蓿接完电话后整个脸色都变了，发了疯似的让他掉头来孤儿院。叶苜蓿与顾南生的关系被曝光，就连孩子也被曝光。这突如其来的一切，让苏泽也感到喘不过气和不知所措。

见着眼前神情呆滞、目光空洞的儿子，叶苜蓿好想伸出手去抱抱他，却又怕再次吓着了他，停在半空的双手显得那么无助，让人看了不忍。

“苜蓿，你冷静点儿……”苏泽安慰道。

“豆豆……我是苏叔叔……”苏泽小心翼翼地靠近陶阮安，希望将小男孩抱过来。

哄了半个多钟头，小男孩才缓缓地从陶阮安的怀里冒出脑袋来，回过头来看见面前坐在地上哭成泪人的熟悉脸孔，他扑进了叶苜蓿的怀里。

“妈妈……妈妈……豆豆怕……好多坏叔叔……”

“豆豆不哭……豆豆乖……”安抚好小男孩的情绪，孤儿院的护理人员又细致地为他做了全身检查，幸好没什么大

碍，可能就是吓到了，一时没缓过神来。

“苜蓿，你是不是在外面惹上谁了？”陶阮安用手帕擦了擦脸上的泪痕，“这七年一直好好的，没什么外人来院里。这次怎么来的人像强盗似的，问都不问，冲进一间间教室寻找，找到豆豆后就不停拍，像是早就认识孩子似的。”

“是不是豆豆他爸回来了……就算是想要回孩子，也不至于……”陶阮安自顾自地分析，还是想不出缘由。

“不是他。”叶苜蓿立即道。“他住院了，胃出血。”白天许良辰离开前，丢下了这句话。上午在大厦休息处苏泽拿着看的杂志只是报道了她和顾南生在重来餐厅门口纠缠，并未提及关于孩子的任何消息，然而短短半天后就有娱乐记者找到孤儿院强行拍摄，叶苜蓿也实在不明白他们是如何得知的。这漫长的七年间，她将儿子像秘密一样珍藏，那是她的伤，也是她的痛，更是活在这世上唯一的念头。除了孤儿院的人和苏泽，其他人根本无从听说她这个秘密。就连关系最好的林婉媃也并不知情，更别提其他往来甚少的人了。

一身单薄的女人站在窗子前久久不动，不停振动的手机被孤单地放置在床沿。苏泽想留在孤儿院陪陪她和孩子，可突然接到医院的电话不得不赶了回去。

“病人胃出血，昨晚送过来的，紧急手术后恢复还不错，可不知刚才怎么伤口又突然裂开了。”被护士长电话召回医院的苏泽心里还担忧着叶苜蓿和孩子，心不在焉地应和着，“嗯，哪个病房？”

“306，病人点名要你看诊。”走到二楼楼梯拐角处，苏泽手里拿着听诊器径直向前走。

“苏医生，306在三楼！”护士长连忙拽住他，提醒道。

“哦，不好意思。”目光游离的苏泽歉意地低了低头，转身沿着楼梯上了三楼。剩下身后摸不着头脑的护士长暗自诧异，“这苏医生怎么了，失魂落魄的！”

轻轻推开病房的门，屋内只有一张病床。看清了躺在病床上的病人模样后，苏泽眼里闪过一丝复杂，“怎么是你？”话刚说出口，便瞥见地上被摔成几块的电视机遥控器，心里就大抵明白了。

“报道说的都是真的吗？”听到脚步声，脸色苍白的顾南生噌地半坐起来，神情激动，“苏先生，那孩子其实是你的吧？”

许良辰送来晚餐后回工作室了，闲得无聊的他打开了电视，想看看新闻打发时间，谁料如同雷劈般震惊，转而想起叶苜蓿昨晚冷冷地告诉她自己已经结婚了。他自以为报道中说的孩子是苏泽的，瞬间心脏一阵绞痛，鲜血喷口而出。奈何怎么打叶苜蓿手机就是处于无人接听状态，只好找来护士长要求见苏医生。

“如果你今天不是病人，我很想揍你两拳头。”苏泽眸子里燃起了怒意。

C大大一迎新晚会上，苏泽就对叶苜蓿一见钟情，那个目光清冷，低眸缄默的女生。为了认识她，晚会后他偷偷跟踪她去了宿舍楼，打听到她是大一新闻系的女生。

此后，苏泽起得特别早，每日去女生宿舍楼不远处的树下悄悄等候，等那抹瘦削的身影。守株待兔等了几日，他终于见到了她。尾随其后，跟着她一起去上课，她坐在教室左侧，他就坐在教室右侧；她坐在教室前排，他就坐在教室后排。傻傻地、默默地注视着她，很多次想上前搭讪，却又不知道开口说些什么。

一直就这样忐忑地跟了一段时间，苏泽知道了她有一个好听的名字——叶苜蓿。半个多月后，在校园内苏泽又遇到了她，两人面对面走来。

快到跟前的时候，苏泽鼓起勇气说了声“嘿”，结果看到女生忽然笑了，他以为女生是在回应自己，正想开口说第二句话，不料女生很快经过自己身边，“良辰。”温婉的声音传来，苏泽回头，看见她和另外一个女生手挽手，才恍然大悟原来她不是跟自己打招呼。

大受打击的苏泽后来就再也没了信心，哪怕在食堂打饭，意外发现前面的女生就是她时，苏泽也没敢伸出手来拍拍她的肩膀说：“同学你好，可以交个朋友吗？”当他发现她骑着单车送外卖撞到一个突然从花坛中跳出来的男生时，苏泽隐约觉得自己要失去她了，虽然他并未得到过她，甚至还从未和她说过一句话。

没过多久，两只紧握的手就证明了自己喜欢的女生和别的男生走到一起的事实。他们一起上课，一起吃饭，一起逛街，一起肩并肩在校内的情人坡上看流星。这些苏泽曾幻想着能和她做的事情，却不可预料地成了她和别人的故事。原来这个世界上最勇敢的事情，是微笑着听说他们之间的爱情。

苏泽这才切身体会到了曾在书上看过的那段话：在对的时间，遇见对的人，是一生幸福；在对的时间，遇见错的人，是一场心伤；在错的时间，遇见错的人，是一段荒唐；在错的时间，遇见对的人，是一阵叹息。

消沉过一段时间，把她所在专业的课程表图偷偷从手机里删掉，把她走在校园里孤单背影的照片通通删掉，把她课堂上歪着脑袋听讲的模样全部删掉……忍住不想起她的生活，就是香烟，就是啤酒，就是无所事事，就是一无所有。

苏泽试着让自己遗忘她，也答应室友见了几个对自己有好感的女生，无奈他都没有兴趣。他告诉室友，如果世界上曾经有那个人出现过，其他人都会变成将就。而他不愿意将

就。可现实却又是那么残忍，苏泽强迫自己坦然一些，释怀一些，就将这段美好的暗恋深深埋藏在心底。

渐渐地，不再跟踪她，不再守候她，苏泽以为自己已经真的忘记了。直到那天看到她在校内的小亭子里伤心地掩面哭泣，他胸腔内那颗好不容易才平复的核状物体又苏醒了。他很想上前紧紧抱住她，帮她擦拭汹涌的泪水。可他又不知所措，木讷地在她身后站了许久，最后才伸出手递了一包纸巾过去。

还来不及说些什么，女生接过纸巾就跑开了。

想起白天女生颤抖的背影，难过的哭声，毫无疑问地，那晚苏泽失眠了。

除了她，再也没有一个人，让他看到她笑，会轻扬唇角，看到她皱眉，欲以身相代。

原来，叶苜蓿早已拿着永不过期的凭证，在他心里成了永久的居民。纵使千般不愿，万般不快，但还是要祝她幸福。

然而，命运总是那么心血来潮。大三快结束的时候，学校课程锐减，很多学生都出去找实习单位，找工作了。他不知道女生会去哪里，但无论如何还是跟那个男生一起罢了。想到这里，苏泽的胸口又传来丝丝疼痛。浅浅的，不着痕迹的。

“我还是离开吧。”苏泽告诉自己，他要带着叶苜蓿唯一的半截照片飞往美国加州，他母亲所在的城市。

那是一次期中考试，因学校教室不够，部分专业和科目的学生会安排在同个考场，幸运的是他们两人就被安排在同间考场。只是，她上午考，他下午考。

那张照片就是他下午考完试后从课桌上小心翼翼撕下来的，虽然只有一半，另一半已被下午考试的学生照片所覆盖。半截照片中，女生长长的秀发，目光依旧的清冷，鼻子上还隐约能看见一粒小雀斑。

“再见了，我亲爱的女孩。”临走前，走在熟悉又陌生的C大校园里，往事一幕幕浮现在脑海中。总是需要一些温暖，哪怕是一点点自以为是的纪念。

倏地，前方突然出现一抹瘦削的身影。

苏泽快步上前，毫不犹豫地拍了拍女生的肩膀，“叶苜蓿！”然而，转过来的脸孔却是陌生的，“你是……”女生有些疑惑，并不认得眼前的男生。

“不好意思，认错人了。”

苏泽盯着女生离去的背影，怅然若失。正准备抬步，身后却传来两个女生的对话。那个被提到的名字，令苏泽耳朵仿佛一阵电流淌过。

“不知道能不能看到他们，好想看看故事主人翁的真身哦！”

“丑闻啦，看你都念叨了好几天。反正那个叫什么叶苜蓿的肯定是不会回校了……”

迫不及待地转身，询问。面对忽然靠近的帅哥，两个女生几秒诧异后掩饰不住地兴奋，像社区居委会大妈似的将原委一一道了出来。

听完这一消息，苏泽心里五味杂陈。既愤怒，又怜惜，同时还夹杂着小兴奋。愤怒的是顾南生负了叶苜蓿，怜惜的是叶苜蓿受伤消失，兴奋的是自己有机会追求深爱的女生了。遗憾的是，如那两个女生所言，学校里果然未寻找到叶苜蓿的身影。

苏泽多方打听，仍无人知道叶苜蓿去了哪里，更多的人听到她的名字是一脸八卦，是一脸玩味。最后倒是得知，顾南生和许良辰双双去了墨尔本留学深造。

虽然还是去美国，然而，苏泽的心却一直悬着。“叶苜蓿，你究竟在哪里?”

那是一次偶然的机会，代替母亲去墨尔本拜访一位公司的重要客户。从客户那里出来，苏泽开着车漫无目的地游荡在墨尔本的街头。等红绿灯的间隙，盯着斑马线上来回穿梭的人群，苏泽心里失落落的。

忽然，响亮的刹车声在斑马线对面响起，车前好像躺着一个女人。大肚便便的司机摇摇晃晃地推开车门出来，明显的醉酒神态，嘴里不停念叨着什么。

看不下去的苏泽，连忙解开安全带下了车，一走近，看见地上女人凌乱的长发后那张脸孔，他震惊了。那是他一辈子都无法忘掉的脸孔，来美国后无数个日日夜夜怀念的脸孔。

如果你相信命运，那么一切的偶然都是注定。如果你不相信命运，那么一切的注定都是偶然。莫名地，苏泽相信命运。

来不及多想，苏泽抱着她上了自己的车，猛踩油门向医院驶去。幸亏送医及时，经过医生抢救，女人苏醒了过来。只是看着眼前的男人，她一脸的疏离和客气，一句“谢谢”让苏泽不寒而栗。

她终究不认识自己，更不记得自己，原来这几年来真是自己单相思罢了。

苏泽久久地盯着叶苜蓿隆起许多的肚子，并不急着离去。良久，苏泽才缓缓开口：“医生刚给你做了全身检查，孩子很健康，他父亲是个幸福的父亲。”

“他没有爸爸……”躺在病床上的女人道，眼底浮起厚厚的雾气。苏泽诧异了，一个不好的预感爬上他的心头。

孩子无疑是顾南生的了。叶苜蓿消失前的圣诞节，他亲眼看见她和顾南生在市中心广场热烈拥抱亲吻后双双牵手踏入了学校附近的宾馆，而他在宾馆外抽了一夜的烟。

“嗯……”看出了女人的疑惑，苏泽解释说，“我是学医

的。”叶苜蓿了然般点了点头，低头看了看自己隆起的腹部，想起在满是外国人的学校看见那对并肩而行，有说有笑的身影，心里瞬间凉得像是冰窖。

“你还好吗?”苏泽关心地问。沉浸在自己情绪里的女人，并未听清男人的话，只是木讷地点了点头，答非所问：“今天谢谢你。”

她是在催促自己离开吧……苏泽听了，嘴角不由得勾起一抹苦笑。

“我叫苏泽，是中国人，名片上有我的联系方式，有需要帮忙的地方可以打电话给我。”苏泽掏出名片，轻轻放在床头，垂着眸子退出了病房。

女人挺着大肚子离开医院，坐飞机回国，W市。苏泽一路跟随，担心她再次发生意外。

苏泽深知，这是顾南生的家乡。他也并不是第一次来到W市，记得大二五一那些天，顾南生带着叶苜蓿回来，他也悄悄地来到了W市。大街上植满了成片的合欢树，高矮不一的古老建筑透露着这座城市的悠久气息。

如今第二次来，他仍是尾随叶苜蓿，只是她的身边却没有了顾南生。尽管没有了顾南生，可她却怀着他的孩子。她爱他也是爱得深刻吧，否则也不会在他背叛自己后还想生下他的孩子。这么想着，苏泽感觉到自己从未有过的悲哀。

爱人是很卑微，很卑微的，如果对方不爱你的话。就像苏泽曾以为爱情很大，大到可以容下万物。C大期间明知道她有男朋友，还是愿意继续喜欢她，守候她。现在他才明白爱情很小，小得就连个还未降生的小生命都足以令人感到窒息。

苏泽感受到从未有过的孤独。且这孤独不是与生俱来，而是由他爱上叶苜蓿的那一刻开始。

远远地凝视着她挺着大肚子在艰难地走动，苏泽心疼却又不敢贸然去敲她的门……苏泽没想到的是，他只是飞回墨尔本给母亲庆生，回来时，叶苜蓿已消失了，问了房东也无果。苏泽记不清这是第几次失去叶苜蓿了。

苏泽大海捞针般疯狂地找遍了W市所有房屋出租的中介，可叶苜蓿就像再次消失一样不留任何痕迹，如同人间蒸发般。原来，在这座说大不大、说小不小的城市里失踪是那么容易的一件事。也许是因为成年人之间的关系已经不再跟少年时那样了，多数人彼此之间仅仅是依靠一个电话号码取得联系而已。

心痛到麻木的苏泽，约五个月后接到了来自国内的陌生来电。“请问是苏泽先生吗？”电话那头的声音很是沙哑，但那温柔的语气是苏泽无论如何也不会辨识不出来的。挂掉电话，他迅速飞往了W市。

眼前的女人，才五个月的时间，就像生了一场大病般脸色苍白，变得越发消瘦。下意识地瞥了瞥她的腹部，单薄的外套紧紧地贴着未高高隆起的肚皮，孩子应该出生有月余了吧，苏泽又是一阵说不出来的难受。

便利店内，一杯咖啡的时间，苏泽明白了叶苜蓿打电话给他的用意。孩子出生后，因为她没有结婚证明，无法在公安部门办理户口登记。

“我不想我的孩子出生后像寄生虫一样，只能偷偷摸摸地活在这个世界上。苏先生，我知道让你帮这个忙很为难，但我真的是走投无路了。”叶苜蓿投来的目光深深刺痛了苏泽，那是一种多么空洞、多么无助的眼神。

“好，我答应你！”不作过多思考，苏泽便同意了叶苜蓿的请求，陪她演一场戏：先去民政局登记结婚，给孩子办上户口，再办理离婚。

在叶苜蓿约他办理离婚手续的时候，苏泽一直以母亲公司业务繁忙无时间回国为由拖延着。“我知道自己这种行为很无奈，也知道她不爱自己，只是为了救孩子才委曲求全想了这个法子。”苏泽内心矛盾着，挣扎着。面对喜欢的女人和自己成了名义上的“夫妻”，他不想放手，也不舍放手。

“我想照顾你和孩子，可以吗？”终究要面对的，逃不掉的，索性就表明心意吧，埋藏了这么些年，是该给自己一个结果了。

明显觉察到了女人的不解和诧异，苏泽沉着道：“这么快办理离婚，也容易引起怀疑，而且离婚后，你作为单身妈妈带着孩子，很多事情上会遇到困难，如果还有需要‘孩子父亲’出现的场合，你怎么办？”不待叶苜蓿开口，苏泽继续说：“而且我们已经领证了，我要突然离婚，对我个人和公司名誉都不好。”

再简洁不过的分析，其中的利害关系，叶苜蓿不是不明白，只是如果这样继续麻烦他下去，她会于心不安。一时也想不出其他好的解决办法，只好默许了苏泽的做法，暂时没有办理离婚手续。只是让她措手不及的是，苏泽离开他母亲的公司，定居在了W市，还进了W市的中心医院做起了医生。

这个偌大的城市，两个尚且算是熟悉的单身青年便时常约着一起吃饭，一起逛街，一起看电影，甚至一起带孩子去儿童乐园游玩，俨然给人一个幸福的三口之家的错觉。当然，每次都是苏泽主动邀约。

孩子在孤儿院慢慢地长大了，叶苜蓿进入策皇后一步步做到了策划总监，而苏泽也成了市中心医院的骨干医师，他们似乎都在悄然地成长着，只是叶苜蓿的心门却再也未开启过。

那是认识叶苜蓿的第八个年头。苏泽在叶苜蓿的二十八岁生日当晚，在医院同事的帮助下，在市人民广场向叶苜蓿表白了，不知是那晚的烟火太美，还是苏泽的誓言太煽情，

热泪盈眶的叶苜蓿莫名地点头应允了，成了苏泽的女朋友。

苏泽说："当一扇幸福之门关闭之后，必然会有另一扇打开。但是我们却常常花了太长的时间，凝视这扇关闭的大门，却看不见另一扇门的开启。苜蓿，我能从一千个从我身边经过的人中听出你的脚步声，因为那九百九十九个人的脚是踏在地上，只有你的脚步是踏在我的心上。我不愿，不愿让你一个人在W市人海浮沉；我不愿，不愿让你一个人独自走过风雨的时分；我不愿，不愿让你一个人承受这现实的残忍；我不愿，不愿让你一个人的眼泪陪你到永恒……苜蓿，请给我一次机会，一次就好，我想照顾你，给你幸福，给孩子幸福。"

"苜蓿，做我女朋友好吗？"

叶苜蓿不是不感动的，如果不是他，自己和孩子早就死在墨尔本街头了；如果不是他，孩子可能至今仍不被社会接纳；如果不是他，这些年她一个人孤零零地在这座城市；如果不是他……

"早些休息，天冷，睡觉的时候手别放到被子外面。"

"不要工作太晚，凌晨风大，睡觉的时候记得要盖好肚皮，不要着凉了。"

……

终年如一日这般体贴，这般关心，叶苜蓿不是不明白的。

回想起离开C大，怀着小红豆，找不到工作，去墨尔本找顾南生被他救，小红豆出生后上不了户口，他帮忙假结婚，孩子被不小心推下楼梯，他不离不弃地守候……那一寸又一寸的艰难时光，侵蚀了叶苜蓿并不漫长却尤为沧桑的一生。默然点头，眼泪毫无征兆地落下。

苏泽紧紧拥着泪流满面的女人，他心里清楚，她不过是感动，是想补偿，而并未心动。

苏泽相信，世上的幸福悲欢总结起来不过是那几种，而千行的眼泪却有千种不同的悲痛。叶苜蓿那打不开的心结，唯有交给时间去解。

愿得一人心，白首不相离。

第十章　月光

红着眼眶的许良辰，提着保温杯来到医院的时候，空荡荡的病床让她的瞳孔骤然剧缩。

昨天傍晚网上迅速流传开来的娱乐新闻视频，许良辰担心顾南生也会看到，她焦急得甚至想连夜赶至医院，但又抱着侥幸的心理，觉得顾南生可能没看到。

“32号病人一大早就出院了，可他刚做完手术伤口还没愈合呢……”许良辰加快车速向孤儿院驶去，护士的话还在耳旁回荡。

车窗外，满目苍凉。

冬天真是一个变化最大的季节，一切就这么变得死一般沉寂，万物就这么无声的突然萧条，空气又是那样的冰冷，那样的旷寂，许良辰心里的恐惧就像眼前的公路一样无限延伸，看不到尽头。其实她一直是害怕的，从七年前所做的那件事开始，她就无时无刻地害怕，害怕顾南生终究会离开她。因为，每个人不得不为自己的恶行埋单。

抵达孤儿院的时候，紧闭的铁门让许良辰些许松了口气。她试着按了按门上的门铃，不一会儿便有一位老妇人从院里走了过来。

“你好，请问叶苜蓿的孩子是住在这里吗？”

“不在，不在！搬走了！”见又是前来找小红豆的，站在门内的陶阮安一脸不客气道。

“哦，那您知道搬哪里去了吗？”

“不清楚，今天一大早就走了！”

还来不及再多问点儿什么，老妇人已然转身向屋内走去。“刚才走一个，现在又来一个……”断断续续的抱怨声传来，许良辰不寒而栗。

“看来他果真是看到了新闻……”从老妇人冷淡的语气中，许良辰想顾南生也没能获知叶苜蓿和孩子搬去哪里了吧。

“那他人呢？”许良辰心里先是微喜后又是不安，脸上所显露的情绪因顾南生而瞬息万变。

他没有错，是我飞蛾扑火。

许良辰以为只要认真地喜欢，就可以打动顾南生。原来这十二年却只是打动了她自己。

“南生，如果有一天你走进我的心里，你会哭，因为里面全是你。如果有一天，我走进你的心里，我也会哭，因为那里没有我。”

不得不相信：人这一辈子，心只能给一个人。而后即便再有如何缱绻的爱情，终究不会再伤筋动骨，痛彻心扉。

的士上，中年司机透过内视镜注意到后座的女人从上车后一直沉默不语，为了解闷他百无聊赖地打开了车载电台。

吹了一夜寒风，头疼得厉害的叶苜蓿紧紧抱着怀中的小男孩，昏昏欲睡。她知道只要孩子还在孤儿院一天，那些狗仔队就还会再过来，就算狗仔队不来，顾南生也会找来。凌晨五点，跟陶阮安商量后，叶苜蓿决定暂时带着儿子离开一段时间，等风波平息后再回来。

“昨天继某娱乐杂志爆出墨尔本著名设计师顾南生与某广告名企女总监餐厅门口纠葛的新闻后，本台后续挖掘到两人‘私生子’的新闻再次引发社会大众剧烈反响。然而事情真相远远不止这么简单，今早自称与当事女主角有不一般关系的神秘人物突然造访本台，回应了此事。下面，我们就来听……”沉浸在自己思绪里的叶苜蓿，忽然被电台的女声拉回了现实。

“有什么好听的，现在的人真无聊！”蓦地，话音中断，变成了嘈杂的音乐声，伴随着司机换台的抱怨声。

“师傅，麻烦您调回去！”后座的女人突然开口，将司机吓了一跳，“好……好……”中年男人有些结巴道。

“……我的妻子，孩子也是我和她的孩子，我们早就结婚了，新闻报道中所说的一切均与顾先生无关，也烦请各位媒体朋友不要再打扰我们一家三口的生活。谢谢。”熟悉的声音通过电波传了出来，可惜前面说了什么没能听到。

“苏先生还向记者展示了他们的结婚证，且据本台记者证实顾南生也有了未婚妻。如此看来，此次爆料也许真的是一场乌龙罢了……”

“家家都有本难念的经，总揪着人家私事不放，这些电视台啊媒体的记者也是吃多了没事做，有那个精力还不如多报道些与老百姓……”司机一阵感慨。

“阿泽，你这又是何必呢?”

叶苜蓿在心底无奈道：“何必卷入这个旋涡，何必拖自己下水。”这大抵是真的爱了吧，不顾一切后果站了出来，保护她。

忽然，叶苜蓿觉得自己一定是个远视眼，才会模糊了离自己最近的幸福。也许人的一生注定会遇到两个人，一个惊艳了时光，一个温柔了岁月。惊艳时光的是顾南生，他是过去时，也是纠结的现在时；温柔岁月的是苏泽，他是现在时，也是纠结的未来时。

喧嚣的酒吧内，醉醺醺的男人眼前的桌上横七竖八地倒着几个酒瓶。赶来的女人一把夺下他正欲往嘴里灌的一杯红酒，“南生，不要再喝了！你伤口还没好!”

“我找不到她，我找不到她……”

顾南生神情悲痛，低垂着眼眸，许久才缓缓开口：“良辰，你还记得我第一次去你们班上蹭课，教授讲‘蝴蝶效应’时开的玩笑吗?”

“教授说，蝴蝶……蝴蝶飞不过沧海。”女人的声音如潮水般喑哑。

“可是直到现在我才明白，其实不是蝴蝶飞不过沧海，而是当蝴蝶千辛万苦地飞过了沧海，才知道沧海的这边早就没有了等待。”

不顾医生劝阻，顾南生疯了似的拔掉针管离开了医院。昨晚看完新闻，随后而来的苏泽也并未告诉他，孩子到底是不是自己的，他迫不及待地想弄清这到底是怎样一回事儿。可当他奋不顾身地出了医院，在铁门紧锁的孤儿院门口，却被告知叶苜蓿带着孩子凌晨就搬走了，叶苜蓿的手机也被限制呼入。

“南生……”许良辰顺势放下了酒杯，“既然有人出面证明了孩子不是你的，她也有了她的新生活，那为何你不让自己也开始新的人生?”

上午离开孤儿院的许良辰，一边寻找着顾南生，一边继续关注傍晚的娱乐新闻。直到看见电视上一脸淡然的苏泽出面表示和叶苜蓿早就结婚了，小男孩是他们两人的。埋头看了看自己无名指上的戒指，许良辰五味杂陈。

这枚戒指，是她生日之际顾南生想不出送她什么礼物，便给了她一张银行卡，许良辰就用他的名义在珠宝店买下了这枚钻戒。

也正是有了这枚戒指，在她回国与叶苜蓿第一次交谈中她撒谎说“我和南生要结婚了”，故意让叶苜蓿看到戒指，令她误以为是顾南生送她的，他们真要结婚了。

那天，凝视着叶苜蓿仓皇离开咖啡厅的背影，许良辰心里悲哀地想：苜蓿，你可知，我算计你的何止这一次。

七年前，C大男生宿舍，穿着吊带裙、睡眼朦胧的许良辰听到一阵急剧的敲门声，拉开宿舍的门，当她如愿看见叶苜蓿一脸焦急地站在门口，她其实心里紧张得都冒出了冷汗。只是她终究是了解叶苜蓿的，深知她的骄傲，如果她深爱的男生背叛了自己，叶苜蓿是无论如何也不会原谅的。所以，当叶苜蓿亲眼看见自己这身穿着，一地凌乱的衣服，还有床上沉睡的顾南生裸露着白皙的肩膀和褶皱的床单。许良辰就在赌，赌叶苜蓿的骄傲。

看着叶苜蓿不敢置信的表情，看着她随后头也不回地跑开，许良辰知道她赌赢了，赢得危险。如果叶苜蓿闯进去，掀开被子，她会发现顾南生其实只是单纯地露了个肩膀，下半身还是穿着衣服的。他并没有背叛叶苜蓿，更没有和许良辰发生任何关系。

他们俩，不过是掉进了许良辰事先精心安排好的陷阱里。

如果不是前晚提前支走顾南生的其他室友，如果不是偷偷在顾南生的饮料里放了适量的安眠药，许良辰是根本不可能拆散顾南生和叶苜蓿的。

“南生，你看，为了能够继续爱你，和你在一起，我用尽千般计谋，万般手段。”

如此卑微地爱着一个人，内心痛苦到不能言的许良辰当顾南生再次端起酒杯时不再劝阻，索性也拿起桌上一杯红酒一同饮尽。

桌台上的空酒瓶越来越多，凌晨两点顾南生醉了过去。打车回到顾南生的家后，许良辰费力地将他拖到了卧室的床上，细心帮他脱掉沾满红酒渍的衣服。

叹着气的女人安静地坐在床边，久久地凝视着眼前这个为了其他女人买醉的男人，她纤长的指甲深深地抠进了手心的肉里。关掉台灯，正欲起身离开之际，醉醺醺的男人突然伸出手来抓住了许良辰的胳膊。

“别走！不要离开我！”一个用力，她便被拉倒在床。不待许良辰反应过来，带着浓烈酒味的吻霸道地覆上了她的唇。

在酒精的作用下，许良辰也变得意乱情迷起来。她热烈地回应着吻她的男人，欲火喷发。

"嗯……"女人压抑不住地呻吟了一声，男人听了反倒更加重了力道，另一手开始胡乱地扯掉了她的衣服。

窗外有皎洁的月光投射进来，一对赤身裸体的男女正在床上翻云覆雨。

"苜蓿，苜蓿……我想你……"

被男人压在身下的女人意识突然清醒过来，还未来得及说什么，下身传来一阵尖锐的撕裂痛。许良辰疼得只是死死咬住了嘴唇，硬生生地将痛呼堵在了喉咙里，有潮湿的东西从她膨胀的眼角溢了出来。

"南生，明知你的心里没有我，也永远做不到你想要得到的那个，可还是不由自主想要靠近你，爱上你，守护你。"

许良辰凝视着睡熟中的顾南生，默默地穿上衣服起身离开。

第十一章　吻别

离开了W市，叶苜蓿想不出自己还可以去哪里。一路颠簸，她带着儿子来到C大，住在校外的一间小旅馆内。已是深冬，这几日温度降得越发厉害。大雪下了一场接一场，厚厚的积雪像条巨大而沉重的羊毛毯子覆盖在地面上，闪着刺眼的白光。

叶苜蓿所住的楼层房间正好对着C大的球场，她默默地伫立在窗户边，失神地眺望着被白雪覆盖的球场，身后床上熟睡的小男孩呼吸均匀。

在C大那三年间发生过的点点滴滴一幕幕涌上心头，想着离开C大后这七年来一场场苍凉遭遇，叶苜蓿倏地觉得身心疲惫，连灵魂都满是倦意。天已入冬，她已长大，学会独立，学会坚强，学会不再掉眼泪，但却依旧学不会忘记顾南生。

是不是总有那么一个人，他眉眼带笑打你的生命中过，不短暂，也不漫长，却足以让你体会幸福，领略痛楚，回忆一生。这个世界最残忍的一句话，不是对不起，也不是我恨你，而是，我们再也回不去。再也回不去，就是这样再简单不过的一句话，生生将两个原本亲密的人隔为了疏离。没有经历过的人，永远都不会明白，那是怎样的一种切肤之痛。

十年的时光如泛黄的旧照片，过不去的都过去了。是谁说过，有些爱，终是散落在浩浩荡荡向前奔淌的岁月洪流里。

盯着窗外被夜色笼罩的C大球场，呼啸作响的风声，还有渐渐深沉的天光，让叶苜蓿生出一种时光流逝得非常缓慢的错觉，心里涌起庞大的失落来。那些再也回不去的时光，青春很美丽，也很无情。

看着仍在睡梦中的孩子，冰凉的液体无声地滑落。原来最孤单的是我还是那么想你，原来最悲哀的是我不能面对自己。

曾经以为，女人都是飞蛾，生性擅长不怕死地扑火。后来才知道，原来也有一种女人是候鸟，无论如何，都沿着一个预定的轨迹，固执地飞翔。你可以说是去追寻什么，也可以说是躲避着什么。

就像释迦牟尼脸上的表情永远是慈悲，可千山万水五行三界却还是逃不过一个空。

顾南生，我们是真的再也回不去了吗？

有些人，她们的心田只能耕种一次。一次之后，宁愿荒芜。后来的人，也只能眼睁睁看它荒芜死去。而叶苜蓿却将她最好的青春都灌溉在这个男人身上，用尽了笑和泪，让爱萌了芽，可是最后却没开出一朵花来。或许，爱情真的就像王子寻找公主。那么多的玻璃鞋，很多人适合，没有人会独一无二。

静静抚摸着手腕上如同岁月一样早已渐褪色彩和光泽的三叶草手链，叶苜蓿终于相信有些人自己永远不必等，是时候做个了结了。

待了几天，回到W市，孤儿院已经恢复了安宁。依依不舍地将孩子交给陶阮安，叶苜蓿又只身赶回住处。

刚踏进小区门口，就注意到楼下走道外伫立着一袭黑色风衣的男人，手中香烟的光点在昏暗的路灯下明明灭灭。觉察到了身后有脚步声，男人下意识地向墙边退去，让出道来。随之不经意抬头的那一瞬，“苜蓿！”

憔悴的脸色，深陷的眼圈，叶苜蓿来不及掉头，顾南生就快步上前紧紧抱住了她，许久，嗓音嘶哑道：“我想你……”

简单的三个字，让叶苜蓿顿时失去了挣脱的勇气。为什么，那么痛苦地想要离开一个人。又为何，那么轻易地就陷入他温暖的怀抱。

不远处的阴影里，另一个男人拳头紧握，寒风吹过他单薄的胸膛。

“苜蓿，你还是选择回去，回到他的身边。”苏泽苍凉的声音在心底无力地响起，他同样找遍了W市，也去了趟C大，只是当他在校外一家宾馆住宿登记表里找到那个熟悉名字的时候，却被宾馆老板告知她已退房走人了。

当苏泽赶至车站，站内滚动信息牌上显示去往W市的车半个小时前出站了。当他赶来小区，却又发现顾南生已然伫立在那儿。

“苜蓿，为何我总是慢了一步？”

慢一步表白，慢一步守候，慢一步拥抱……看见他们身影重叠的那一瞬，苏泽仿佛听见了全世界崩溃的声音。长久地，艰难地，苏泽低垂着眉眼，转身离去。

“南生，我们还是放过彼此吧。”片刻的温存过后，残忍的总是现实。潮湿的声音从脖颈处传来，顾南生不禁打了个寒战。这是他回国以来，叶苜蓿第一次如此亲昵地唤他。

虽是亲昵，却又不感受不到半点儿暖意。

走得很急的都是最美的风景，伤得最深的总是那些最真的感情。顾南生一直以为，自己可以承受这一天的到来，可当真面对，才知道他也不过是个脆弱的人。痴痴的忏悔，痴

痴的等待，终究无法再唤回眼前这颗被背叛被重创的心。

从顾南生怀里抽身，叶苜蓿头也不回地进了电梯。冷清的房间内，女人精神恍惚地从抽屉底层翻出了一个红色证件。

“结婚是好事，小姑娘开心点儿嘛!”“小伙子，靠你老婆近点儿，两人亲热点儿!”想起那年她和苏泽两人在民政局登记结婚的时候，硬是被拍照的工作人员催促得挤出尴尬笑容的她，和西装笔挺的苏泽两人似亲密又似生疏地靠在了一起。

看着证件上青涩的照片，那时候自己还有点儿婴儿肥，那时候苏泽还很是严肃。冥冥中，叶苜蓿似乎觉察到有一双无形的手推动着纱轮，编织着无常的命运。又或许，他们三个人注定要在爱情的国度里颠沛流离，绑带着命定的伤口。

“阿泽，对不起……”

漫天挥舞的荧光棒，人声鼎沸的体育馆，烟火四射的演唱会，两个年轻男女并肩而坐，肩与肩的罅隙明显少了周围情侣之间那种亲密。

“你看他在舞台上蹦蹦跳跳，还是那么帅气那么可爱。”

套着进场前买的纪念T恤衫的叶苜蓿转过头来对坐在身

边的男人道，脸上挂着雀跃的微笑。

“你也还是那么喜欢他。”顾南生不去看舞台上正在跳开场舞的新加坡歌手，而是定定地盯着眼前的女人，心里无比悲怆地想：苜蓿，为何你可以十年如一日地喜欢他，而对我却不行？

“Hello，W市的歌迷朋友们，我是JJ林俊杰！”

“哇喔！今天晚上来了好多人哦，你们都是来看我的吗？”

叶苜蓿看到大屏幕上的男人边十分卖萌地做了个可爱的姿势，边将手中的话筒朝向舞台下的人群，万人异口同声的“是”响彻了整个体育馆上空。

放眼望去，流光溢彩的各色灯牌在黑暗中闪烁着明亮的光。夺目耀眼的“唯爱JJ”“俊杰，加油”在人群中形成流动的光河。一袭白色柳丁装的男人站在万丈光芒的绚丽舞台上，深情款款地唱：“爱是三万里程的孤单，闪着等待的泪光，眺望可能的远方……”

台下的人群陶醉着，和声般唱着。还有的红了眼眶，溢出了热泪。叶苜蓿却只是安然地盯着大屏幕上那动情的眉眼，眼睛酸涩得厉害。

“你们一定要珍惜身边的人，就像我珍惜你们一样！”男人温柔的声音通过麦克风传至整个体育场的上空，在这寒冷的夜里化作一股又一股的暖流，无声地包裹着今天晚上来看

演唱会的每一个人内心深处最柔软的那一部分。叶苜蓿的眼里忽然有什么溢了出来，正准备举起手来擦拭的时候，一个柔情的吻已覆了上来。

只与他们隔着几排座位的年轻男人，从入场开始便一直目不转睛地凝视着前排这对男女。看到他吻了她，男人眼里突然像被敲入一枚钉子般疼痛。暗黑的天光覆盖了他的神情，却能隐约看见阵阵凉意在他眸子里闪现。

苏泽曾以为，爱是再远都在叶苜蓿身旁心疼了解的目光。可顾南生侧身一个吻，今后他又变回一个人。耳边依旧是喧嚣的尖叫，苏泽悄悄退了场。

踩着吱吱作响的积雪，苏泽的心绪很不平静，尤其是刚才看到叶苜蓿和顾南生拥吻的那一幕。指腹轻轻摩擦着口袋里那份今早快递送来的“离婚协议书”，上面叶苜蓿的签字让他明白，我们一生里可能遇到很多人，有时正好同路就会在一起走一段。直到我们遇到了真正想要共度一生的那个人，才会把余下的旅途全部交给这个人，结伴一起走到终点。

可，这个自己想要共度余生的人，却又是单方面强求不来的。

“叶苜蓿，我希望你幸福。祝你幸福。”苏泽轻声呢喃，投在白色雪地中的孤单身影被昏黄的路灯拉得好长好长。

两个小时的演唱会在凌晨时分散场，沸腾的体育馆伴随着偶像的谢幕也渐渐平静，有些歌迷拥到舞台边合影留念，而顾南生拥着穿着红色大衣的叶苜蓿顺着拥挤的人潮步出了体育馆。

“苜蓿，我们重新开始好不好？”叶苜蓿明显感受到顾南生的胳膊力度加大。昨晚上楼前，她对顾南生说：“陪我完成一个心愿吧。”那是他们在C大时，顾南生就许诺过她的心愿：有生之年，陪她一起看场林俊杰的演唱会。

“顾先生，我想你是误会了。谢谢你今晚陪我完成曾经的愿望，我们从此便真的毫无瓜葛了。”女人看似淡然的声音却已注入千斤重水汽。顷刻之间，悲伤爬满了男人的脸，他正欲开口，却被女人踮起脚尖而来的吻封住了即将开启的唇。

在林俊杰的演唱会，和顾南生吻别。一段用过心的感情，能让人懂得好多事情。就这样吧，是时候告别了，我要去寻找新的人生了。

顾南生，再见。再也不见！

“叶同学，我找你有事！”

周末送外卖的途中，满脸阳光的男生又从花坛间跳出来挡住了女生的去路。

“这位同学，你又想怎样？”

“叶同学，我要你做我的女朋友，我要给你幸福！”沉默而勇敢的少年，声音无比坚定。

“这位同学，你怎么给我幸福？难道每天放学拦住我的路就是给我幸福？”

“如果爱你可以让你幸福，那么我就爱你；如果不爱你可以让你幸福，那么我就只喜欢你。”

“那，你自己的幸福呢？”女生好笑道。

“我的幸福，就是让你幸福！”女生看到有种明亮的东西在男生的眼睛里闪烁，她的心弦松动了。爱情是一场注定的潮水，而自己就是一叶等待靠岸的小舟。

然而，潮来潮去，在劫难逃。回想起曾经在C大的一幕幕，叶苜蓿不由得双眼朦胧。曾经相识、相恋、相爱的两个人，彼此慢慢挖掘，比对和回味。

了解越深，相爱越深，可一转眼却又变成了陌路，如同在刀尖上舞蹈。沉重也好，轻盈也罢，从脚底到心里，终究是蔓延全身的剧烈疼痛。

“如果说宜静最后不是嫁给了大雄，一生相信的执着一秒就崩落……”的士内，车载调频不合时宜地传出五月天的歌声。叶苜蓿坐在后座，泪流满面。

顾南生站在人群散去的广场中央，深冬的寒风从胸膛的荒原空洞洞地吹过，带着灭顶的悲凉。终其一生想守护的东西，却最终如指间流沙一般滑落无痕。

“苜蓿，我又一次在近在咫尺的距离间失去了你。”这个如今拥有着无数光环的男人无助地蹲了下来，哭泣得像个小孩。

记得在C大的某个夏夜，他们一起逃了晚自习。两个人肩并肩坐在教学楼的天台上，安静地仰望着漫天的星辰。女孩惊喜地伸出手来，指了指头顶两颗靠得最近的星星说：“南生，你看，那两颗星星就是我和你。”

他当时只是温柔地揉了揉女孩靠在自己肩膀上的小脑袋，低头吻了吻她散发着清香的发丝后傻傻地笑了，眼睛里却是和年轻外貌不相称的伤感。

“傻瓜，你可曾知道？即便是看上去离得最近的两颗星星，它们之间其实间隔着毕生无法抵达的亿万光年的距离。”这是顾南生那晚没有说出口的话，未曾料到后来他们俩竟然真的演变成那两颗运行轨迹不同的行星。如同现在这般。

生活中有很多转瞬即逝，像在演唱会散场的告别，刚刚还相互拥抱，转眼已各自天涯。可又是为什么我们总要等过了许久，总要等后悔不已，才知道我们曾经亲手舍弃的东西，在后来的日子里再也遇不到了。就算日后再怎么想要全力以赴去寻回、去弥补、去救赎，有些东西仍是无法继续守护了。

纵使是生命里最深切的感情，也终究抵不过时间的剧烈齿轮。

W市人民广场两侧的路灯依旧明亮着，在这样寒风凛冽的冬日凌晨里，有种孤寂而苍凉的辉煌感。它们俯视着蹲在地上呜咽的男人，就像是俯视着所有疾驰而去永不复返的时光。

“小姐，到了！”车刚停稳，叶苜蓿迅速将一张钞票递了过去就推开车门往小区内奔，连司机找的零钱都没有来得及接。

咚的一声，她撞上了坚硬的物体，抬头一看，“阿泽！”

二十四小时营业的便利店，一对年轻男女对着宽敞的橱窗落座，空气中充斥着沉重的因子。叶苜蓿啜了一口手中热得烫手的卡布奇诺，想起昨晚签下的离婚协议书，叶苜蓿愧疚得不敢正视苏泽，只好将目光转移望向窗外黑沉沉的夜空，许久才开口。

“今晚好像没有一颗星星……”

“像W市这样耀眼的城市不适合看星星，苜蓿，就像你的心不适合谈安定。”

“阿泽，对不起……”叶苜蓿嘴角勾起一抹苦涩的笑，又取了一包糖倾袋倒入咖啡杯中。

“放再多糖也没用的，苦的不是咖啡，是你的心。”

“你总是喜欢拆穿我。是不是像我这样的女人，总是以一道难题的形式出现在感情里?”

“是的，叶小姐，你是我见过的最难解的女人!”

“阿泽，纵使他有千般不好，万般辜负，毕竟是我曾爱过的人。”叶苜蓿搅动着手中的咖啡，眉眼低垂，“我和他彻底结束了。”

“那你的心，以后都不可以再接受另外一个人了吗?”想起那份离婚协议书，苏泽想死心，可心却不听他的话。

“我也不知道。阿泽，我现在真的不想考虑感情的事。我只想靠自己的力量在这个社会立足，有足够的影响力，有足够的金钱，有足够的能力保护我的孩子，在面对任何突如其来的灾难时都不会被打倒。”叶苜蓿吐出每个字都铿锵有力，因为这七年来那些历历在目的苍凉在她日后的岁月里根深蒂固，一想起就心痛。

苏泽听到叶苜蓿这样讲也不便再多说什么，其实他心里比谁都明白，不是叶苜蓿不愿意接受自己，而是因为顾南生曾在她心里挖了个洞，让她变得不是她。灵魂抽丝剥茧，只剩下身体里带毒的血液。所以日后大多数的接触中，他清楚地感受到叶苜蓿在逃避触碰任何温暖的东西，包括自己。

“协议书，你……你也尽早签字吧。”倏地，叶苜蓿口吻极力地平静道。

苏泽在墨尔本街头救她一命，靠近她，对她好，为孩子的户口而与她结婚，带她回C大找回忆……有些人，遇不见，是错过；遇见了，是过错。

苏泽，你拿了自己一生的幸福做赌注，守候我，你是这个世界上唯一这样信任我的人，我怎么舍得让你输，可我更不舍得你白费心机。

“阿泽，不论如何，这些年谢谢你……”

“嗯，我会尽快签字的。”

结局和过程都有了，再去纠缠，连自己都会觉得贪婪。苏泽失神般笑着点头应允，尽量不让自己的笑容看起来是如此的苦涩。“哈哈哈哈……”他随即又故作大声地笑起来，“你说要不离婚后，我再重新追求你？”

叶苜蓿听了愣住良久，不敢再多说一个字，怕眼泪不争气地夺眶而出。她明白苏泽的这句玩笑话，其实仍带着十足的真诚。

苏泽记得，某次圣诞节两人看完电影出来，叶苜蓿的高跟鞋鞋跟突然断了，他便毫不犹豫地弓下腰来，背起了她。“我重吗？”叶苜蓿不好意思地问。

苏泽笑着拼命点头，“整个世界都在我身上，你说重不重？”

想起这曾经甜蜜而幸福的情景，捕捉到方才女人眼里分明闪过的讶异，苏泽嘴角的苦涩越发浓郁，一个苍凉的声音在他心底悄然响起。

“苜蓿，我还守在原地。这次不再为等你，我只是在等我自己放弃。”

第十二章　噩耗

事隔一周后，叶苜蓿重回策皇。一踏入大厦，意料之内地被人指指点点。她自知经过媒体那么一曝光，W市广告界几乎无人不知这段八卦。

“新闻上说的就是她吧……”“原来早就结婚了，居然还隐藏得这么好！”“儿子都那么大了，之前我们徐总追她真是瞎了眼……”

“上班不怕迟到是吧，一大早在这嚼舌根！”熟悉的声音传来，叶苜蓿转过头去就看到了身后不远处两颗眼珠瞪得老大的林婉媃。

空荡荡的电梯内，“死女人，手机老关机！”刚才还气势汹汹的林婉媃突然一把抱住叶苜蓿，哭道。“看到新闻，又一直联系不上你，真是吓死我了……”

“想安静下，好好解决事情再回来。”叶苜蓿从包里掏出纸巾递给林婉媃，笑着说，“再哭下去，妆就花了！”

“苜蓿，当你正在承受苦痛，而我不在身边，无能为力的时候，那么我也会祈祷，让那些风雪降临到我的身上。”林婉婇接过纸巾，一脸坚定道。

望着眼前这个古灵精怪的秘书，善良体贴的学妹，叶苜蓿心底有一阵暖流经过，却又故意朝林婉婇翻了一个白眼，“矫情!”

“叶总监，还晓得来上班?”一进办公室，阴郁着眼眸的沈熙勋走了过来。

“沈总……”策皇作为W市广告界数一数二的名企，员工的花边新闻势必会影响到公司的声誉。“我很抱歉，这是我的离职报告。”叶苜蓿说着，从包里拿出一份纸质材料，随后回到自己办公室收拾桌面物件。

翻着叶苜蓿的离职报告，沈熙勋勾起冷峻的嘴角，笑着拨通了一个陌生号码。“爆料暂时告一段落，闹太大我也脱不了身。一半费用我已经打你卡上了，后面如何进展等我通知。”

叶苜蓿一边收拾东西一边留恋地看了看室内的一切，从天花板到手边的咖啡杯。

这里有她七年间从无助的女生变成独立女强人的点滴，这里是让她一步步成长得坚硬如铁的地方，可终究还是要离开了。既然决定选择开始新的生活，该丢的丢，该留的留，

她收拾好仅有的几件私人物品。

在沈熙勋凛冽目光的注视下，叶苜蓿也没有多余的时间来和其他只会看热闹的同事一一告别，径直走出了办公室，经过前台的时候却不见林婉婇。

“喂，就这样走啦？”刚踏出电梯，就听见熟悉的声音在耳后响起。

“嗯，你在这里好好做！别偷懒！”叶苜蓿转过身来，挤出一个微笑。

“得得，别勉强笑了，难看死了！”林婉婇一把接过叶苜蓿抱在怀里的纸箱子，朝着大厦外走去。“请你喝一杯咖啡。”

其实，在我们心里没有人的位置是不可替代的，这并不是说这个世界上没有永恒的爱情。一个曾经遇见并爱过的人，是你生命中永远不可磨灭的印痕，它是不可能被其他东西覆盖的。不过在后来漫长的岁月里，只要你愿意接受，愿意再次敞开你的心扉，还是会有另一个值得你爱的人，慢慢地帮你把曾经冲淡、磨平。

只是曾经有过的悸动仍会堆积在心里某个角落，然后随着漫长的时间越磨越薄，在后来岁月某个不经意的一瞬，汹涌而出，又慢慢退去。斗转星移，潮起潮落。

夜晚冷风吹过阳台，蜡烛扑闪着火光，叶苜蓿对着天边在心里默然道：“妈妈，生日快乐，女儿想你。”有温热的液体从她的眼角溢了出来。

已经八年没有回家了，远方的叶惠茹依旧是她最为牵肠挂肚的人。一种叫作思念的疼由心脏散发出来，如同抽丝剥茧般漫着血液包裹了全身，指尖也渐渐变得冰凉。

小区楼下银灰色宝马车里，男人不动声色地凝视着四楼阳台上那忽闪的火点，一个计划在他心头升起，慢慢消除可能败露的破绽，慢慢让它变得天衣无缝，如同一颗顽固的即将逆着黑暗光源破土而出的种子。

究竟是回忆不肯放过他，是仇恨不肯放过他，还是宿命不肯放过他？

还是他自己不肯放过自己？

——世界上最深不可测的地方，是一个人的心底。

——世界上最暗淡无光的地方，是一个人的眼睛。

过完这周，下周就入春了，然而此刻车窗外仍夜色深凉，沈熙勋的嘴角浮起一抹冷峻的笑。

暖气明明开得很足，可叶苜蓿夜里还是辗转反侧，难以入眠。手机突兀地振动，叶苜蓿吓得掀开被子坐立。看清来电显示上的名字，她不悦地按下了接听键。

“这么晚打来电话，有事吗？”

“苜蓿，你妈妈……”

安静的医院走廊上突然响起高跟鞋匆忙的掷地声，一只纤瘦的手猛然推开了尽头病房的门。

“苜蓿!”起身的是坐在病床前的中年女人，一身素色，憔悴的眉宇间流露出一种历经岁月的美。尽管八年没见了，可血浓于水的亲情是万物都隔绝不了的。

“妈!”看到眼前的女人安然无恙，叶苜蓿一直悬在嗓子眼的大石头总算能够安落下来。昨晚接到姑姑江黎岚的电话说妈妈病倒了，叶苜蓿就焦急地连夜坐车回到了家乡D市。

“您昨晚为什么打电话骗我?”叶苜蓿朝着叶惠茹身边的女人质问道，语气里尽是不满。

江黎岚正欲开口，叶惠茹抢先道：“你这孩子，怎么这种态度跟你姑姑说话。你这一走就是好些年，也从不打个电话回来。现在你爸爸病重，难道你还不能回来看他一眼吗?”

叶苜蓿将头转向病床，床上的男人脸色苍白，双眼紧闭，手背上插满了针管。是的，当年她毅然决然报读了离家很远的C大。自从拿着高考录取通知书离家后，那个家她再没有回去过一次。此刻，她都快认不出眼前这个瘦削的男人就是江黎枫。

“妈，我跟他没有任何关系!”

“苜蓿，都过去这么久了，你还不肯原谅他吗?他再错到底还是你的亲生爸爸啊……”

“妈，我还有事，先走了!”叶苜蓿打断了叶惠茹的话，快步走出了病房。

“苜……”

“我去跟她好好说说……”江黎岚给了叶惠茹一个宽慰的眼神，提包追了出去。

病房内留下叶惠茹默默地叹气，她擦拭眼角的间隙，病房的门突然再次被推开。她欣喜地侧过头来以为是女儿又返回了，“苜蓿……”结果却看到一脸冷峻的年轻男人，眼神里充满了莫名的敌意和冷意。

“你是……”

“怎么不记得我了？”男人眉宇间流露出一丝嘲讽，“那您总归记得沈颐这个名字吧？”

身体掩饰不住地颤了颤，叶惠茹整理了下衣摆，对门口的男人做了一个“出去说”的姿势。病房外无人的楼道转角处，叶惠茹努力平复情绪，温和地开口道：“一别这么多年，没想到你也长这么大了，今天是来看你爸爸的吗？”

“别跟我提那个男人，我今天来主要是想跟您谈谈您女儿的事情。”男人嘴角勾起诡异的弧度，叶惠茹听了不禁打了个寒战。

“苜蓿怎么了？”

“您女儿可能还没有告诉您吧，我是他的上司！不对，她昨天离职了，您要猜猜她为什么离职吗？”

“我知道你恨的人是我，请你不要伤害我女儿。”

“呵呵……她可是给公司造成了不良影响。未婚先孕，儿子都六岁了……可惜啊，却被人从楼梯上推下来成了痴呆！”

“什么？”叶惠茹听了，胸口的神经猛地一紧，眼前一阵眩晕，她极力压制自己的情绪，“你……你说什么……”

“我说，你的女儿未婚先孕，儿子都六岁了，可惜是个痴呆。这都是你的报应。”沈熙勋冷冷地看着叶惠茹惨白的脸，却没有丝毫胜利的快感。冷哼一声，他转身离去。

叶惠茹呆愣了一下，不敢置信地摇着头，忽然身体一晃，向身后的楼梯滚了下去。

叶苜蓿气冲冲地跑出了医院大门，江黎岚从后面追上来的时候不经意间瞥见了停在院内的一辆银灰色的车辆，诧异了几秒后便又赶紧向叶苜蓿追去。

“苜蓿……”她拉住正准备钻进一辆的士的叶苜蓿。“您别让我原谅那个男人，我做不到！”叶苜蓿反抗道。

“我……”正说着手机响了起来，“我马上回来！”

“苜蓿，护士说你妈妈刚才摔下了楼梯……”江黎岚还未说完，叶苜蓿已然疯了似的返回医院内。

寂静的走廊内，叶苜蓿呆呆地坐在急救室外的椅子上，全身不住地颤抖，只觉得血似从心底涌出，抽空了一切。

她脑海里突然浮现了顾南生的身影，她双手战栗着拨通了顾南生的手机号，响了一声就被挂断了。她无力地垂下双手来，这时她的手机响了，来电显示是“苏泽”。

苏泽当时正被一个患者纠缠。在女孩连续半个月的强烈攻势下，无奈他只好告诉她自己已经有喜欢的人了，在女孩的要求下他拨通了叶苜蓿的电话。电话接通后苏泽听到叶苜蓿哽咽的语气和颤抖的声音，问了她人现在在哪之后便丢下那个一脸不甘的女孩连夜赶往D市。天快亮的时候，站在急救室外一夜未眠的叶苜蓿看见匆忙赶来的苏泽时，肿着双眼扑入了他的怀里。苏泽看见才两天不见的叶苜蓿憔悴不堪，心尖锐地疼。

“如果哪天心情不好了，可以给我打电话，我的手机二十四小时为你开着，我保证第一时间出现在你面前。”这是苏泽当初对叶苜蓿的许诺，所以现在苏泽看到她这样他什么都不想问，只想紧紧地用力地拥着她，给她温暖，给她力量。

从演唱会回来，顾南生开始变得颓废，不再去工作室，日日夜夜窝在酒吧，醉生梦死。许良辰寸步不离地陪着他，这日见顾南生又拿着酒瓶摇摇晃晃地走出了酒吧，她赶紧唤来服务生埋单，随后也跟着出了酒吧。

沿着繁华的街道，盯着眼前边走边举着酒瓶猛灌的男人，许良辰再也控制不住了。

“每次见完她，你都是一副失魂落魄的样子，我不明白她究竟哪点好，让你爱了这么多年，顾南生，你到底有没有看见，你身边一直还有一个我！”许良辰停下紧紧跟随的脚步，朝着顾南生落寞的背影，大声地喊道。

女人尖锐的嗓音刺破了夜空，街上有大股的冷风灌进她张开的嘴里，渗透进呼吸道，顺着心头涌动的血液传至身体里每一个感官，每一根神经末梢。

“良辰，其实你不用等我的，你可以去爱别人，去接受真正爱你的人，我不值得你这样。”男人脊背僵直，停住脚步却没有转过身来。

“其实我不是一定要等你，只是等上了，就等不了别人了！顾南生，你个浑蛋！”许良辰声音哽咽，情绪再次失控。

顾南生心里颤抖了下，放下拿至嘴边的酒瓶，转过身走了回来。他其实很想抱抱眼前这个为了爱情如同飞蛾扑火的女人，可最后他还是忍住了，握着酒瓶的手指泛白。

“良辰，如果世界上曾经有那个人出现过，其他人都会变成将就，而我不愿意将就，这些年我的心里除了叶苜蓿再也容不下多余的人了，对不……”“起”字还没有说出口，哭得梨花带雨的许良辰就上前紧紧抱住了他，顾南生能感受到她身体的颤抖和双手的力度。

抬头看着头顶的夜空，顾南生心底生出莫大的悲凉：“我知道良辰想要什么，可是我给不了她。苜蓿，我给过你的，再也给不了别人。”

有些人注定是等待别人的，有些人是注定被人等的。因为缘分这个东西既奇妙又难以捉摸，总是要在对的时间遇到对的人，美丽的爱情才有发生的可能。

原来，爱情也讲所谓的先来后到。正如在爱情没有开始以前，你永远想象不出会那样地爱一个人；在爱情没有结束以前，你永远想象不出那样的爱也会消失；在爱情被忘却以前，你永远想象不出那样刻骨铭心的爱也会只留下淡淡的痕迹；在爱情重新开始以前，你永远想象不出还会再一次找到那样的爱情。因为总有一个人，一直住在你的内心深处，却被弄丢在琐碎无味的生活里。忘不掉的是回忆，继续的是生活。

来来往往身边出现了很多人，可心底总有一个位置，一直不曾改变。

回到家后的顾南生，脱掉被红酒浸湿的外套后顶着翻涌的胃进了洗手间。正脱下高跟鞋的许良辰，听到了顾南生外套口袋里手机振动的声响。

掏出来看见来电显示是叶苜蓿，她便毫不犹豫地按下了拒接键，紧接着又快速地清空了通信记录，最后装作若无其事地放回了手机。“叶苜蓿，我绝对不能让你们复合！”

医院急救室的灯终于暗了下去。

听到病房门被推开的声响，叶苜蓿身心俱疲地从苏泽怀里离开，不顾僵直酸痛的双腿快步向从急救室里走出来的医生迎了上去。

“医生，我妈妈怎么样了?”

“对不起，我们已经尽力了!”走在最前面的医生摘下口罩叹息道，身后有护士推出病床来，躺在上面的叶惠茹从头到脚都被白布严实地覆盖着。

生死如河，悍然相隔。

叶苜蓿只觉眼前天昏地暗，一个眩晕便向身后重重倒去，苏泽见状立刻敏捷地伸出双手抱住了她。

离开医院的时候，天已经黑了下来，傍晚的风穿膛而过，报仇了，沈熙勋却意外地沉默。

自从妈妈变成植物人，沈熙勋心里便有了不能摒弃的东西，那就是报复。即使这个东西使他痛苦得要死。就像古老的凯尔特传说中的荆棘鸟，泣血而啼，呕出了血淋淋的心而死。可命运制造了他的荆棘，所以他哪怕不计代价，忍受痛苦的煎熬，也要告诉自己这值得，直到让那个女人和她的女儿得到应有的惩罚。

“阿勋，你昨晚是不是来过医院了?”医院附近的咖啡厅内，沈熙勋对面的中年女人压制不住怒气。

“嗯，很晚才到的，听说他病了。”

“很晚是多晚？你不是从来不认他吗？电话通知你时你也拒绝来看望。”

“姑姑，您想说什么？”

“昨晚叶惠茹摔下楼梯是不是因为你……”

“摔下楼梯？”沈熙勋意外地瞪大眼睛。

“阿勋，虽然医院的监控器查不到楼梯口的画面，但是昨天我看见你的车早就停在了医院内。”江黎岚直视沈熙勋的眼睛道。

“我承认我是见到了那个女人，但我并没有推她下楼梯。”

江黎岚的手机突兀地响了起来，见是医院的号码，她心里闪过一丝不好的预感。按下接听键后，短短几秒，江黎岚像被抽了魂一般，眼珠睁得特大，手机也差点儿没拿稳。“叶惠茹抢救无效已经……已经死了。”

“哦，是吗？”沈熙勋听了，声音不带任何情绪的冷峻，可他心里还是不受控制地颤抖了下。

“阿勋，你是不是说什么刺激她了……”江黎岚语气从未如此严厉。

“呵呵……善恶到头终有报。”沈熙勋挑了挑眉，冷笑了声。

“孩子，你错了，错得离谱啊……这事儿你爸叮嘱我不

要告诉你，怕你伤心，可如今看你一步步陷入仇恨不能自拔，我真该早点告诉你真相啊！你爸爸和苜蓿的妈妈，是你的爷爷奶奶和苜蓿的爸爸妈妈做知青时定下的婚约。在你妈妈嫁给你爸爸之前，叶惠茹就已经和你爸爸在乡下领证结婚了。只不过当天晚上你爸爸坐上了去城里打工的火车，在火车上认识了你离家出走的妈妈，然后两个人相爱了。后来也是迫于家里的压力，你爸爸才留下你和你妈妈回去的。”

“当年要不是那个女人带着她的小女儿来家里要挟爸爸回去，妈妈也不会一时失去理智跳下楼导致全身瘫痪。我恨她们，是她们抢走了我的爸爸！是她们毁了我原本幸福的家！我永远都不可能原谅她们！”沈熙勋大吼。

“阿勋，其实相比之下你才是幸福的，至少你爸爸曾陪在你身边让你度过了十几年的幸福时光。可是苜蓿呢，她只是你爸爸在和你妈妈吵架醉酒之后强暴了叶惠茹才生下来的小孩。她才是最可怜的！而且你爸爸从来也没有爱过她的妈妈，当年完全是在你的爷爷奶奶的逼迫下才娶的叶惠茹，他比你更恨她们母女俩啊！苜蓿没有任何错，当年你爸爸回去之后差点儿要了她的命啊！她后脖颈处那条永远消不去的伤疤就是你爸爸从二楼故意丢下花瓶砸伤她留下的！阿勋，她从来就没有抢过你的爸爸！这些年她也只是个没有得到过父爱的小孩啊！”江黎岚叹息不已。

“你这孩子怎么会记恨这么多年啊，如今叶惠茹也死了，你还要怎样?！还想继续报复苜蓿吗？阿勋，其实你妈妈在认识你爸爸时已经怀了你，但是你爸爸他一直不希望你知道……”

那些层层纠葛后的过往，最终被缓缓道出。

真相来得太迟，总在不该发生的事情发生之后。来不及诧异，来不及平静，甚至来不及问自己：这是真的吗?

第十三章　真相

一转眼已是入春，气温开始渐渐回升，严冬之后的W市又恢复了朝气蓬勃。台北路的梧桐树冒出了新芽，人们穿着五颜六色的衣服穿街走巷，脸上洋溢着这个季节该有的笑容。

春来了，冬天终究是过去了，可有些东西却永远回不去了。

“妈妈，你醒过来吧，小红豆很乖很听话……”在医院里躺了两天三夜的叶苜蓿，终于醒了过来。病床前的小男孩哭红了双眼，声音沙哑地喊着。

“医生说，你妈妈走得很安详，没受什么苦。就算现在你不愿顾及我们这些人，可为了小红豆，你也要活下去啊。”黑眼圈严重的陶阮安揪心地蹲下来，将哭成小泪人的小男孩拉进自己怀里。

因为伤口被肆意地展览，所以已经失去了疼痛。或许应该就这样，不需要醒来，不需要食物，睡一辈子。叶苜蓿心如死灰地想，眼角溢出了液体。

“苜蓿，你要是想哭的话，就大声哭吧。”立于床头的苏泽满脸沉郁地凝视着病床上脸色苍白的叶苜蓿，疼惜道。

这句话多么熟悉，那座日夜思念的小镇，那个苜蓿花开得正繁茂的盛夏，那个总是站在家门口期待自己归来的女人。仿佛还是昨天，却变成了永远。

人因为心里不快乐，才浪费。

这是一种病态的自我心理补偿作用，就如同顾南生现在这般。比如，浪费烈酒；再比如，浪费大盒大盒的香烟。昨晚顾南生又在花园小区站了一晚上，这几天来他每天都会过来在楼下转转，却再也没有遇见叶苜蓿。

是不是失去了缘分的人，即使在同一个城市里也不太容易碰到？

想来七年前的自己还太年轻，不懂感情世界背后的残缺。如今他擅长伪装擅长谎言擅长冷静擅长沉默擅长坚忍擅长手段擅长交易。代价是，简单的一颗心百转千回碎成一地琉璃。顾南生仅是站在冷冽的风中，一脸漠然地将它们扫进心底最阴暗的角落。

立于雪中的他还是不可避免地感冒了，却抵不过心中的忧虑，终于询问了小区的保安，却被告知她最近都没有回

来，倒是有个年轻男人过来拿了些生活用品就走了。

她后来是真的嫁人生子了吗？

回想起七年前那一幕，在叶苜蓿转身跑出宿舍的那一刻，他就知道自己错了，错得离谱。与命运相比，我们都输了。

顾南生何尝瞧不出许良辰对自己的情意，在她要求去自己宿舍参观时，在她战战兢兢从包里拿出那瓶饮料时，他就知道，他不能抗拒了，不能回头了。

在梦想和爱情面前，顾南生选择自私了一回，装作不知情喝下了那瓶饮料，最终如愿得到了出国留学的名额。然而，付出的代价却让他一辈子追悔莫及——叶苜蓿当夜一个人悄然离开了C大，也从此退出了他的未来。

我们对于一座城市的情感被命运逐日分解，然后无论它的地貌、建筑、历史、人文，都敌不过在某天，握过的一双手、一种温度，和一次告别。那些所谓的青春的大大小小的伤痛，反复被忆起，说的是过去，念的却总是伤悲。

顾南生清晰地记得第一次在梧桐树下看见那张干净而倔强的脸时，忽然加快的心跳。那天的苍穹像是淡蓝色的玻璃球，发出幸福的光芒。

苜蓿，我们曾一起看过的书，一起走过的路，一起做过的事，混着后来的眼泪，在酒气中描画你眼睛的轮廓，那么近，却又那么远。

我告诉自己，我只要在这里等着，只要像七年前那样摆上耍赖的表情，所有的事都会变回原来的样子。而你，也会重新回到我身边。

可我却忘了，在时间老人面前，过往的一切只会变成锋利的刀片，一片片地剐着胸腔里那颗柔软的物体。像是手中的一个气球，以为能沿着浮云的轨迹找到幸福的国度，结果飞到半空的时候轰然破裂，只留下手中的空绳子，和排山倒海般的难过。

那在墨尔本期间荒草丛生的心底，时隔七年后重新发出震耳欲聋的声响，可是你却再也听不见了。经过那么多年，我还是输给了你，一败涂地。其实回国后我很懦弱，不敢主动去追求什么，只期待有天你会蓦然回首。

苜蓿，当我再次提起你时，都要加上“曾经”“别人的”这样的字眼了吗？年轻时我们放弃，以为那只是一段感情，后来才知道，那其实是一生。就像一场舞会，教会你最初舞步的人却未必能陪你走到散场。

在爱情的世界里，总有一些近乎荒谬的事情发生，当一个人以为可以还清愧疚，无愧地生活的时候，偏偏已到了结局。

如此不堪的不只是爱情，还有人生。

抽完最后一根烟，顾南生无奈地踏出了花园小区，身后的地上散落着星星点点的光。

沈黎岚离开后，沈熙勋接到一个电话后迅速起身去了机场。

相比上次，病床上女人的神色显得愈加苍白起来。沈熙勋紧握着女人的手，消瘦的脸颊深深低下，声音从未有过的沉重。

“妈妈，姑姑说的都是骗我的，对吗？就是她们害了您，就是她们抢走了爸爸……”仇恨，随着时间，随着感知，会变得越来越深刻。即使最后发现自己恨错了，可还是留下了瘾，由不得你不恨。

我叫沈熙勋，在我很小的时候，有一次，妈妈逗我玩，说：“阿勋呀，等你长大了，妈妈就可以把全部的东西都交给你了。”

我问：“妈妈把全部都给了我，自己要什么呢？”妈妈就说：“等你长大了，我和你爸爸都老了，什么也不想要了。”

我继续问：“老了之后会怎么样？”“会离开。”妈妈说。我听了当场大哭，我不要长大，不要他们老去，不要他们离开。

“别说傻话，阿勋还小。”爸爸劝阻妈妈道。

也许是我当时太小，不明白后来妈妈说“不管你愿不愿意，每个人最后都要跟你说再见”时的无奈。因为，那时候我正拿着玩具车一脸幸福地依偎在爸爸的怀里。

如果时光能定格，那该多好。

然而，幸福终究还是戛然而止了。或许，冥冥中印证了妈妈说的那句话，又或许妈妈早就有预感，上帝不会厚待我们。

那个女人带着她的女儿来到我家里的时候，我正在房间写作业。听到客厅很吵，我准备出去看看发生了什么事，结果妈妈推开门带进来一个小女孩。

小女孩很大胆，自顾自地爬上了我的床。我和她争吵了几句后，她竟然睡着了。我继续写作业，可怎么也写不好，心里倏地变得很烦躁，题目总是答错，好像隐隐约约觉得会发生什么似的。就在我准备擦掉一道题的错误答案时，我听到外面那个女人尖锐的叫声，小女孩也吓醒了。她睁着惺忪的睡眼，眼神有些呆滞，过了好久才喊了一声：“妈妈。”

我跑去开门，却发现门被锁了。她从床上跳下来和我一起合力撞开了门。冲出房间跑到客厅，我看见那个女人站在阳台上，一只手伸出了栏杆外，好像要抓住什么。方才的预感涌上我的心头，我一步一步战战兢兢地走近栏杆，往下望去，一摊鲜血染红了楼下的水泥地，一身白裙的妈妈躺在血泊中。我收回目光，尖叫着奔下楼梯。

“妈妈，妈妈！”在好心邻居的帮助下，妈妈被及时送到了医院。虽然活了过来，却成了植物人。而我的爸爸，从此消失了。

“孩子还这么小，将来可怎么办啊?”邻居们说，爸爸是跟那个女人一起回家了。而我的妈妈呢，此后一直一个人孤零零地躺在医院里。最后，自称是我姑姑的人找到了我，替我办了转学手续，带我去了美国念书。那些年的暗淡时光，是妈妈支撑着我走了下来。我要报复那个女人和她的女儿，我必须尽快长大，日渐强大。

在我十八岁的时候，我以学校最优异的成绩被美国大学录取了，还得到了一笔丰厚的奖金，加上我自己平时帮一些公司企业做策划方案拿的酬劳，我将妈妈接到了美国的疗养中心。

年幼的我明白了命运的残酷，生活的艰辛，但我仍旧不想依靠姑姑。为了妈妈后续的疗养费，毕业后我直接去了美国一家管理公司，等待着回国的时机。七年后，公司迎来了一批客人，策皇赵董事长便是其中一位。而在之前，我便暗暗查了这批客人国内各自公司的经营情况。狭路相逢，那个女人的女儿叶苜蓿便是在策皇工作。

幸运的是，那次的座谈会公司安排我主持。提前做了十足的准备，我表现得很好。看见赵董事长投来意味深长的笑，我便知道我已胜券在握了。不出所料，当晚我便接到了他的电话。我如愿地回国进了策皇，成了叶苜蓿的上司，她完全不记得了我，还似乎对我有些敌意。

不过不要紧，以后报复她的机会多的是。

某天，我处理完手上的事才离开办公室，刚出电梯就看见她埋头坐在大厅休息区里看杂志。我慢慢走近，才看见她正聚精会神地用手细细抚摸着杂志上的一张照片，泪水不停地滴落。后来我知道了她在C大期间的故事。

然而日常工作上接触，下班后跟踪她回家，发现她一个人足够坚强，好像我的刻意为难在她那里都不算什么。那天晚上依旧跟踪她到她住的小区楼下，发现有个男人来纠缠她。那是我第一次见她出现手足无措的慌乱。

我想，我应该掌握到她的弱点了。可在我还没来得及利用顾南生来报复她，却先意外得知了她最大的秘密，她还有个痴呆儿子。我欣慰又多了个报复她的途径，结果在听到宁安孤儿院陶院长讲了她这些年来的经历后，想到那个小男孩天真的目光时，我心里的仇恨第一次变得没那么强烈了。

可命运却是容不得人心软的。在妈妈病情出现反复后，我的仇恨又像海啸般涌上了胸腔。同时，姑姑告诉我爸爸住院了，我想那个害得妈妈变成植物人的女人也一定会在医院。是时候了，是时候向她们展开报复了。

当天，我悄悄来到了医院。当姑姑头也不回地追着叶苜蓿出了病房时，我便推开门进去了。病床上的男人沉睡着，那个女人看见我，第一眼并未认出我。直到听到我说出妈妈的名字，她才明显怔了怔，随即对我做了个“出去谈”的手势。在楼梯间里，我将从陶院长那里了解来的她女儿的事告诉了她，用着最凛冽、最冰冷的语句。

听完姑姑的那番话，才知道原来我并不是江黎枫的小孩，原来妈妈在遇到他之前就已经怀了我，原来这些年我一直恨错了，原来我的报复也错了……遗憾的是，这个世界上没有后悔药卖。

我回了趟多年前我和妈妈居住过的那栋破旧的居民楼，当年帮忙送妈妈去医院的好心邻居陈姨已经成了花甲老人，妈妈以前和她关系最要好，所以她一眼便认出了我。现实太沉重，真相太遥远。最终我从她口中知道了我的身世，确实如姑姑所说。

呵呵，命运真是捉弄人。回过头去看自己成长的道路，带着痛苦，带着仇恨，带着压抑，带着坚忍，辛辛苦苦走了这么一大圈，结果却被命运宣判这一切都成了过错。我已经无力去责怨上天开的玩笑，一些人，一些事，就这么摧毁开来。是不是每个人总归要活在自我的深渊之中？

世上有可以挽回的和不可挽回的事，而时间流逝就是一种不可挽回的事。

原来仇恨绵长，只是误会一场。

第十四章　婚礼

园子里的花都开了，春天的气息扑鼻而来。叶苜蓿在医院里躺了那么久，除了看苏泽收集来的书，便是让他推着她去医院内的花园里晒太阳。

这日午后，她从书上看到这么一句话：不管昨夜经历了怎样的泣不成声，早晨醒来这个城市依然车水马龙。开心或者不开心，城市都没有工夫等，你只能铭记或者遗忘，那一站你爱过或者恨过的旅程。叶苜蓿觉得自己是该振作起来了。生活还要继续，小红豆还需要她照顾。出院后，她从林婉婇那里得知沈熙勋已经离职。

叶苜蓿只是微微惊讶，并未细问。也许命运早就注定了有很多人就是带着目的来相识，最后又带着结果离去。

那就这样吧，冬去春来，总该有些东西被时光善意地掩埋。这样也好。在被伤了又伤之后，悲痛的心终于不需要再顾及他人的想法。而此时，叶苜蓿也最终选择向现实妥协，重新开始自己的生活。只是当顾南生和许良辰的结婚照被突兀地摆在幸运草工作室门口的时候，路过的叶苜蓿眼中还是有一丝灼痛。

我们明明都会料到事情的结局，却要走一段很远的行程去探索它的意义，我们的路途，不过是在毫无意义地上演一个闹剧的圆。其实没有什么是忘不掉的，过去再美好再刻骨铭心，原来也只是过去。顾南生，我一生中最幸运的两件事。一件，是时间终于将我对你的爱消耗殆尽；一件，是很久很久以前的那一天，我遇见你。

成长便是这样，你不得不接受这个世界带给你的所有伤害，然后无所畏惧地长大。既然结局和过程都有了，如果再不释怀，会不会太过贪婪。

许良辰，许良辰，她终究许了你良辰。

顾南生，祝你幸福。

回到花园小区后，叶苜蓿径直进了自己的卧室。只是两个月未回来，这个房间却溢满了冰凉的气息。她倒抽了一口冷气，轻轻拉开了抽屉，里面静静躺着两串手链。

一样的花式，却明显看得出一新一旧。不管是新的，还是旧的，它们都走向了一样的结局：失去了爱。

“苜蓿，身体还好吗？”在邮局大厅窗口排队的时候，叶苜蓿接到了苏泽的电话。

“阿泽，住院的这段时间辛苦你了。我现在挺好的，你别担心。”叶苜蓿捏着排队的号码，看见前面的人在邮寄一大袋特产。包装袋上“W市”的标识太过显眼。

“你不要想……太累了，还是在家多休息几天。”苏泽原本是想劝慰她不要想太多，但害怕这样说反倒令她真的想起那些不开心的事。苏泽还未从这种担忧里回过神来，便听见电话那头传来急促的声音：“阿泽，先不跟你说了。”

苏泽只能默然地张了张口，电话已然挂断了。

“小姐，请问你邮寄什么？”站在窗口前，递过自己的号码。“寄点儿首饰。”叶苜蓿从包里拿出一个精致的盒子，递给工作人员。

“麻烦填写单子。”接过工作人员递过来的单子，盯着地址那栏，叶苜蓿写下了一个不存在的地址，留下的联系方式也是不存在的空号。无法将盒子里的东西还给顾南生，叶苜蓿能做的唯有将它们寄往未知的地方。也许这是最好的解决方式吧。

往往，心中最爱的那个人，最后却离自己最远。

离开邮局，叶苜蓿拨通了林婉婇的电话，“病了？严重吗？你怎么不早点儿告诉我？”得知她生病了，叶苜蓿赶紧飞奔到街边拦了辆的士。

“叶总……学姐！”想起叶苜蓿已经从策皇离职了，躺在病床上的林婉婇轻轻改口道。

“你身体不是一向很强壮吗，每天吃那么多怎么还会生病？”叶苜蓿放下下车后在医院门口花店挑选的一束蓝色妖姬，在林婉婇病床边坐了下来。

“再强壮我也是女人好吗！”

为了给林婉婇安静的休息空间，叶苜蓿只在病房待了一会儿便离开了。谁知，刚一出病房门口，她便见到正一副等待姿态的苏泽。

“苜蓿，回家后就好好休息，工作不用急着找。”并肩走在医院的花园里，苏泽开口道。

“嗯……下个月市里有大型招聘会，到时候我去看看。”

“你不用躲着我，经历这么多，你应该最能明白我。我不会勉强你，更不会强迫你，就算最后你还是无法接受我，但我还是希望我们可以继续做朋友。”苏泽尽量以一副云淡风轻的口吻说，只有他知道，自己的心里正难过地在滴血。

“阿泽……”叶苜蓿顿了顿，苏泽转过头来，“嗯？”

“没什么，那我回去了，你工作吧，不用送我，我自己能打车回去。”一丝复杂的神情闪过叶苜蓿的眸子，她终是将“谢谢”两个字在干涩的喉咙里咽了下去。

这个世界上，但凡美丽的事情都带有一种说不清道不明的味道。比如爱情。每一个人都以为自己懂得爱情品尝过爱情，可是到最后又有谁能够真正地说得清楚什么是爱情？这些界于友情以上，恋人未满的人，便更让你无法说清楚，无法道明白。

苏泽目送叶苜蓿上了的士，嘴角微笑的弧度一点点地消失在温暖的春日里。也许爱情真的是上帝分开在尘世中的两瓣苹果，能够相遇的概率是几十亿分之一。而他是如此幸运可以遇见叶苜蓿，也是如此不幸恰逢她心里住着别的人。苏泽想，他对叶苜蓿的爱就像潺潺的溪流，不会去强求，该爱的它自然会来，刻意地去要，它只会离开。所以现在他愿意去等，去等叶苜蓿能够真正敞开心扉愿意接受他的那一天，或者等自己将她忘记的那一天。

三月初春的傍晚，有了一丝丝热浪，走在前面的一对情侣手牵手朝着电影院走去。

“快点儿，晚了就赶不上放映了！”女孩娇嗔道。

“不就一部爱情片吗，你都看多少次了……”虽是埋怨的语气，男孩却也自觉加快了步伐。

顾南生不知不觉地踱到了电影院，门口那张大幅海报是一对恋人拥吻的照片。两个月过去了，一直没有叶苜蓿的消息，他又见到许良辰包里露出半截怀孕报告。顾南生不是不明白的：我们在电影里看着别人替我们过着梦里的人生，看着他们替我们爱，替我们死，动容之时流下眼泪，擦干之

后，那不过是灰飞烟灭的幻象，其实现实一无所有。想起那场林俊杰的演唱会，叶苜蓿的吻别，顾南生不由得生出满腔的悲凉来。

谁是谁的救世主？又或许，谁都不是。在错位的情感里，我们只能各自为各自的那份痛楚埋单，痛到极致，也不能埋怨旁人一分。

咚咚咚……钟声响起的W市教堂，成群的白鸽飞向天际。W市的傍晚美得像一幅画，可惜画中人早已消失不见。“今天我们聚集，在上帝和来宾的面前，是为了顾南生和许良辰这对新人神圣的婚礼……”当神父庄严地宣读誓词时，教堂的大门被用力地推开了，一袭漂亮抹胸长裙的林婉婇出现在门口，在场的嘉宾出现了躁动。

许良辰的脸上迅疾闪过一丝紧张，却还是挂着最美的笑容。顾南生则是不动声色地凝视着向他们款款走来的女人。没有看见叶苜蓿与她同来，他毕竟心里多少是有些失落的，可他如今还怎能奢求她出现呢？

林婉婇从走道旁的酒桌上端起一杯酒，停在新人面前，勾起讽刺的嘴角，“祝你们幸福之前我想让你知道一件事！”话刚落，一杯酒直直泼向了顾南生，惊得许良辰尖叫出声，全场哗然。顾南生倒是像早就预料到似的，不急不忙地接过伴郎递过来的手帕。

“不要问东西哪里来的，不信的话你可以自己再去核实。”林婉婖不顾许良辰愤怒的瞪视，从包里掏出一份资料砸在顾南生身上，随即离开了教堂。

还来不及擦拭身上的红酒，顾南生便弯腰拾起散落在地上的东西，一张张地翻看着，旁边的许良辰神色变换，暴风雨般阴沉。

DAN检测结果。顾南生瞬间恍然大悟，急忙扔掉手里的手帕去追林婉婖，刚迈开步子却被许良辰一把抓住，“南生，我肚子里也怀着你的孩子！”顾南生愣住几秒，终究还是挣脱了许良辰的双手，奔出了教堂。他的身后，是许良辰滑落的热泪和满堂的唏嘘声。

爱情，不是赔尽，就是全赢。

叶苜蓿，我曾经几度不愿承认我输了，可是今天这么重要的场合，你人虽未出现，可我还是不得不承认我输了。为这个人付出自己的全部，为这个人变得时而哭时而笑，完全像个患得患失的傻子。他高兴，我就笑，他离开，我就哭。他控制着我一切的情绪，没有理智，没有尊严，卑微得像个乞讨者，摇尾乞怜。

许良辰不顾众人的喧哗蹲下来哭了，许妈妈走过来轻轻地抱住了她。“傻女儿，你总是为了他而不断地修改自己的底线，不停地为他找借口，不停地去原谅，其实，他没那么喜欢你。”

叶苜蓿，我不是输给了你，我是输给了我自己。

也许一个人最大的缺点不是自私、多情、野蛮、任性，而是偏执地爱一个不爱自己的人。顾南生，如果我能回到从前，我会选择不认识你。

不是我后悔，是我不能面对现在的结局。

两个女人聚在酒吧的时候，已是夜色渐浓，华灯璀璨。W市的夜总是喧嚣的，这座绚烂辉煌的城市永远不缺失眠的群体。

“来喝一杯，愿所有的不愉快都过去，咱俩都迎来新生活！”林婉婇举着酒杯，苦笑道。

“你……”见着忽然变得颓废的林婉婇，叶苜蓿有点儿不敢置信。

“我和他下午才分手！来，干！”林婉婇咆哮道，将满满的一杯红酒一饮而尽。

“你才出院，别喝酒！”叶苜蓿阻拦道，却被林婉婇一把推开，“学姐，我心里难受。你就让我喝吧，醉了我就不会觉得难受了。”

许多事情，总是在经历以后才会懂得，一如感情。痛过了才会懂得如何保护自己，傻过了才会懂得适当的坚持和放弃。在得到和失去之间慢慢认识自己。其实生活并不需要这么多无谓的执着，没有什么真的不能割舍。

幸好爱情不是一切，幸好一切都不只是爱情。这世上，有的人来到你身边，是告诉你什么是真情；有的人，是告诉你什么是假意；有的人，是为了给你温暖；有的人，是为了使你心寒。

我知道我迟早会输给旧爱，但不知道时间会来得这样快。林婉婇自顾自地端起桌上的红酒杯，一杯接着一杯地畅饮，喃喃地说："苜蓿，我也把策皇的工作辞了，我要离开这里了，回加拿大去回妈妈身边去。"

从酒吧出来，外面已是大雨磅礴。三月末的雨水总是那么充沛，下了一整夜还是没能停下来。第二天清晨，顶着头疼欲裂的脑袋，叶苜蓿和苏泽在机场里送别林婉婇。林婉婇紧紧地拥抱着叶苜蓿，在她耳边道："其实人生真不长，女人还是应该对自己好一点儿，学姐，把握身边的幸福！"说完，林婉婇意味深长地看了眼苏泽，转身消失在登机口。

恩爱的情侣，转眼就成陌路。林婉婇像是洒脱般的离去，但醉酒后那绝望的话语让叶苜蓿不得不心生悲凉：爱情，究竟是好事还是坏事？

接到江黎岚电话的时候，叶苜蓿正在营业厅办理手机号更换业务，她想重新开始生活，第一件事便是更换手机号，断绝过往所有联系。

“苜蓿，你能不能回来见你爸爸最后一面？他昨天闹着出了院，医院诊断说他癌症晚期，日子不长了！”江黎岚开门见山道，声音里满是惆怅。

短短数十分钟的通话，却像一个世纪那么漫长。人，一生的伤，无法用话语来抚平，也无法用无穷的时间去原谅。他们似乎从没有正式地跟叶苜蓿告别过，而每一次却都成永别。

某些时候，不想让别人见到自己的眼泪。背井离乡，颠沛流离，或是爱别离苦。不流泪，是不让别人窥探到自己内心的软弱或犹疑，恨不能用层层盔甲包裹起来，如此坚定才可以让自己走得更远些。毫无疑问，人生就是一个庞大的囹圄，囚禁了所有人的命运。

“能不能带孩子一起回去？你爸爸想见见外孙……”陶阮安带着小红豆迎出来的时候，叶苜蓿脑海里还是不断在重复江黎岚这句话。

“苜蓿，你要坚强！”陶阮安凝视着叶苜蓿灰暗的瞳孔，拉过她冰凉的手安慰道。眼睛是人身上最容易泄露真相的部位。眼睛变老，人也变老。人的脸上，最容易泄露真相的便是眼睛。

“安姐，我想带小红豆回去一趟……”叶苜蓿平静地开口，不用再刻意去挤出比哭还难看的笑容。是不是生命里有很多定数，在未曾预料的时候就已摆好了局。对叶苜蓿来说，她早已经走到了生命的某个边界。在这个边界之前，她盲目却偏执地与这个世界对抗。之后，她知道自己无能为力，于是一切惊惧也不复存在，亦开始不再计较，也不再有分明的爱与恨。

陶阮安抹了抹眼角溢出的泪，点了点头，心里却也是五味杂陈。对生活中这些突如其来的境遇，我们只能用“命运”这个无法抗拒且无力抗拒的词来解释一切，以求最终使自己获得平静。

叶苜蓿给苏泽打了一个电话。“还在忙吗?”叶苜蓿帮小红豆把被子掖好，站起身走到了窗户边。

“才出手术室，今天这个手术比较简单，挺顺利的……”电话那头的声音极其疲惫，听着苏泽浅浅的呼吸声，叶苜蓿心里涌起从未有过的平和。

凌晨的W市，远处的万家灯火静谧得像一条狭长的银河。叶苜蓿倏地想起苏泽说过的那句话：太耀眼的城市不适合看星星，就像自己的心不适合谈安定。叶苜蓿明白自己应该像林婉嫊离开前在机场嘱咐的那样，向现实中的温暖妥协，向身边的幸福妥协，可想起这些年来发生过的种种，她终究不愿意再拖累苏泽。哪怕半分，哪怕丝毫。

“明天，我要带小红豆回趟家见爸……爸爸。”居然自然而然地喊出了那两个字眼，在父女之情缺位了二十多年之后。或许是真的学会了原谅吧，对一个生命即将走向尽头的人。

“需要我陪你去吗?”叶苜蓿的家乡离W市甚远，她的身体也刚恢复，况且路上还得带着孩子，苏泽十分担忧。

“不碍事的，就回去住两天。”叶苜蓿婉拒道，“回来后，我们去趟民政局吧。”怕苏泽失望难过，叶苜蓿赶紧转移话题道。历经了种种繁华与苍凉，尤其是感情，她比谁都深知，人与人之间的关系归根到底是一种偿还。欠了别人的一定要还，因果循环。有时候是以你清楚的方式，有时候是以你不自知的方式。但，总归是要偿还的。

对苏泽，她唯有以这般偿还。

听到叶苜蓿后面的话，就在这一瞬间，在五个小时的手术一结束，还没来得及脱下白大褂便接到叶苜蓿电话的苏泽，终于露出一丝笑容。苦苦的，涩涩的。那份自己还未签字的离婚协议书还安静地躺在他的公文包里，“好，等你回来就去。”

苜蓿，我深深地记得，在C大，我第一次遇见你的模样，就像是刻入了我的心脏上一般清晰。

那时候的未来遥远而没有形状，爱情还不知道该叫什么名字。我常常一个人，走很长的路，在起风的时候觉得自己像一片落叶。仰望星空，我想知道：有人正从世界的某个地方朝我走来吗？像光那样，从一颗星到达另外一颗星。

接着，你便出现了。

结束通话之后，苏泽久久地凝视着手机桌面那张照片——一朵盛开的苜蓿花。

叶苜蓿，我用了十年时间，终究未等到一朵花开。

第十五章　雨夜

当长途客巴驶出W市的时候，窗外的天色已经完全暗了下来。高速公路上的车越来越多，当所有的车灯都点亮的时候，就像是缓缓在黑色幽暗的深海里游动的鱼。

叶苜蓿转过头来看了看身边正在玩一个玩具车的小红豆，会心地笑了。等探完江黎枫回来，从此便再不提起过去的痛苦或幸福，她要开始新的人生。

“外面下雨了，请各位乘客关上窗户，以免着凉感冒。”售票员温馨提醒，叶苜蓿从包里拿出一件外套，轻轻地盖在了玩累后睡着的小男孩身上。

窗外夜色浓重，大雨倾盆而下，叶苜蓿靠着座位疲惫地合上了双眼。好像又做了一场无比冗长的梦，梦里一直重复着一句诗：“红豆生南国，红豆生南国……”

直到突然被前排旅客反复响起的手机铃声惊醒，叶苜蓿才无力地抬起手来按了按昏沉沉的额头，发现脸颊早已片片潮湿。她低下头来，身边的小男孩还是睡得很香，小脸蛋儿红通通的。环顾四周，车上的乘客都在睡梦中，狭小的车厢内空气不是很流通。

叶苜蓿将目光投向黑乎乎的窗外，只能看见雨点打在玻璃上，车子在泥泞的山路上疾驰，颠簸感也跟着愈加强烈起来。

“老吴，开慢点儿，这雨太大了，安全第一。”坐在司机旁边的年轻女售票员担忧地说。

“瞎操心，我开这么多年车，就没有出现过什么意外……”双眼乏得快睁不开的司机转过涨红的脸，不满道。司机话音刚落，“啊！”伴随着山体滑坡车身倾倒的剧烈震感，女售票员尖锐的声音划破了雨夜。

同样在睡梦中的苏泽被一阵急促的电话声吵醒，还没来得及按下接听键，对方便挂断了。想着是陌生号码，苏泽便没有回拨过去。转头望了眼床边柜子上的时钟，凌晨五点。“她应该在睡梦中吧。”这样想着，苏泽只好放弃了打电话给叶苜蓿的念头。重新躺下后，苏泽却怎么也无法入睡了，心里一直踏实不下来，像是要发生什么事似的。早上七点起床，苏泽拨打叶苜蓿的手机，意外地听到“您所拨打的用户不在服务区”。“难道手机没电了？这个点应该到家了吧……”苏泽简单梳洗后，便驱车赶往医院上班。

堵车的间隙，苏泽百无聊赖地打开了车载调频，在听到早间新闻里一则消息后不顾红绿灯紧急掉转车头开往了W市客运站。“对不起这位先生，D市客运站目前还没有传来任何消息，请耐心等待好吗?”得知W市开往D市的客车坠下山谷，W市立即核对该车辆相关乘客信息，但是为了避免出乱子，车站增派了安保人员。

苏泽只好返回候车厅，闻讯赶来的其他乘客的家属亲朋都聚集在客运站内。车站工作人员提供了食物和水，不断安抚着大家的情绪。候车厅内的电视早早地被打开，却迟迟没有画面。正当苏泽按捺不住想要赶去现场的时候，电视屏幕突然出现了事故现场的画面，却只能模糊地看到雨还在不停地下，现场一片混乱，翻下山谷的大巴车头严重变形，车骸散落了一地，不断有伤者被医护人员用担架抬出，救援工作人员正拿着搜救工具寻找着幸存者……

苏泽的心揪到了嗓子眼，忐忑不安。他目不转睛地盯着一个个从镜头前闪过的人，迫切地想找寻到叶苜蓿和小红豆的身影，结果画面很快切到了电视台主持人身上。“观众朋友们，因为下雨的缘故，现场信号不太好。据刚才我们采访一位幸存者了解到，造成此次事故的原因不排除为该车驾驶员发车前过量饮酒，加上大雨山体滑坡，才导致了该事故的发生……”

“……证……证实……驾驶员已当场…身亡……我

们……我们的镜头……下面请大家跟着我们的镜头，可以看见的是现场的救援队正在极力搜救幸存者……”画面多次被迫中断，女记者手持着话筒，极力压制下的声音仍有些颤抖。

“妈妈，主持人姐姐怎么哭了呢？咦，旁边这位叔叔也哭了呢！”仰着小脸蛋盯着电视屏幕的小女孩回过头来看见泪流满面的苏泽，疑惑地对身后的中年女人问道。

“据……据……现场负责救援工作的D市中心医院主任李京介绍：救援工作已经开展四小时了，从事故现场来看，还未搜救出的乘客生还可能性渺茫……死亡名单，还在进一步统计中……”

全文完

番外

以你之姓，冠我之名

——谢谷雨篇

“对不起，您所拨打的号码暂时无法接通，请稍候再拨。”电话那头传来机械的女声，谢谷雨神情落寞地合上手机地走出了咖啡厅。

凌晨W市宽阔的街道格外寂静，突然飘落的雨丝让谢谷雨感到庞大的孤单。有的士经过她的身边停了下来她却摇头拒绝，然后继续漫无目的地向前走着。她一直觉得自己是孤单的，纵然手机里的电话号码越来越多，每天接的电话越来越多，每天发的短信越来越多。当她突然看到一片曾经在梦里反复出现的花的海洋，兴奋地拍照，大声地呐喊，可是过后却不知道要把拍好的照片传给手机里的谁。

那一瞬间她突然明白，一路走到现在，一直没有人站在她身边，陪她看风景。

这些年，谢谷雨身边不乏众多优秀的爱慕者，却没有一个人能让她觉得，哦，他看到自己的笑会轻扬唇角，看到自己皱眉欲以身代。沈熙勋，对她来说，是年少时期埋入心中的一颗种子。年深日久，便成了她生命中不可或缺的一部分。如果她相信命运，那么一切的偶然便都是注定；如果她不相信命运，那么一切的注定却又变成偶然。

高中上生物课的时候，我们都学过每个人都只有一个心脏，却有两个心房。而现在谢谷雨的两个心房，一个住着期待，一个住着失落。她对爱情不能有太大的期待，不然会溢出流进住着失落的心房里，从而生出更大的失落来。

但谢谷雨始终相信：总有一天，会有一个人，看你写过的所有日记，读完你写的所有文章，看你从小到大的所有照片，甚至去别的地方寻找关于你的信息，试着听你听的歌，走你走过的地方，看你喜欢看的书，品尝你总是说好吃的东西，只是想弥补上，你的青春，他迟到的时光。只是她并不知道，命运已经安排好了一切。

记得是暑假，一向疼爱自己的外婆突发脑溢血去世，老泪纵横的外公在病床前紧紧握着外婆的双手温情道：“天上有多少星光，世间有多少女孩，但天上只有一个月亮，世间

也只有一个你……”当时一脸悲恸的谢谷雨，却是倔强地仰望着窗外夏夜里的星光。

隐忍着，压抑着，不想让外婆看见自己掉下一滴伤心的泪，直到最后外婆安详地闭上了双眼，她的脖子僵直眼睛酸痛，泪水才在泛红的眼眶里无声地汹涌而出，然后脑海里浮起蛋糕店前那个英俊少年的身影。倏地，谢谷雨的眼睛如同一架相机，在看见男孩忧郁侧脸的那一瞬，她就按下了快门。

于是，这一张照片便一直珍藏在她的心田里，再无别人看见。只因在那个瞬间，只有无声伫立在蛋糕橱窗前的沈熙勋，和正深情款款望向他的谢谷雨。

——相逢，不是恨晚，便是恨早。

——最厉害的病毒，是一见钟情。

外婆逝世前曾慈祥地抚摸着谢谷雨的小脑袋说过：“爱笑的女孩，运气不会太差。”如此，天真的谢谷雨便深深记住了这句话。外婆逝世后，为怕外公一人孤单，全家便决定定居在美国，谢谷雨也转学至了美国一所中学。外婆说得没错，爱笑的人，运气果然不会太差。在那陌生的国度，陌生的学校，她又再次遇见了那个侧脸阴郁的男孩——她的同班同桌。

“嘿，你好！”课间的时候，谢谷雨鼓起勇气向他打招呼。

见男孩当没听见一样继续埋头写他的作业，谢谷雨有些泄气地想：难道他讨厌我？不想和我说话？就这么郁闷着一直到放学，男孩很快收起书本装入书包，走出了教室。

“喂，你去哪？”在校门口不远的十字路口处，谢谷雨再次鼓起勇气喊住了走在前面的男孩。

男孩听到身后有人喊自己，回过头来看见一脸微笑却又陌生的女孩，没有说什么就转身欲过马路，谁料指示牌上灯的颜色突然转换成了红色，他只好停下脚步来。

“你怎么不说话？”见男孩停了下来，谢谷雨立刻追上前去，与他并排站在了一起。见女孩跟上前来，男孩依旧不予理睬。

“喂喂，你说话呀？”这下，谢谷雨急了，担心男孩是不是哑巴，不会说话。红灯变成了绿灯，男孩径直向马路对面走去，谁料身后传来刺耳的刹车声，他一回头便瞧见女孩倒在了地上，脸色苍白。

“你没事儿吧？”男孩白了一眼横冲直撞的司机，赶忙跑到女孩身边蹲下来轻声询问道。

“呜呜呜……”见男孩不是哑巴，也终究理睬自己了，谢谷雨高兴得大声哭了起来。

“你别哭啊，是不是撞到哪了？”男孩以为是女孩被车撞到所以疼得哭，所以不免神情焦急起来。“要不要叫救护车送你去医院啊？”

“我没事没事，嘿嘿……嘿嘿……”注意到男孩紧张的目光，谢谷雨开心地抹干泪珠，朝着男孩傻笑了起来。

“没事……没事就好。”瞧着女孩无事，男孩将她搀扶起

来，带到了马路边安全的区域。

“我回去了，你自己早点儿坐车回家，别让家里大人担心。”放下女孩，男孩嘱咐道。

“那能不能告诉我，你叫什么名字？”眼看男孩要走了，谢谷雨有些急了，可男孩却谨慎地看着她。“我是你同桌啊！”谢谷雨急得眼泪又出来了。

“哦，我叫沈熙勋。”原来是自己同桌，男孩放下了戒备，告诉了女孩他的名字。

“沈，熙，勋……真好听！”谢谷雨潮红的脸颊上一边挂着泪珠，一边又笑了起来。知道他名字之前，谢谷雨想过很多办法，比如等老师点名，比如偷看他的试卷，比如……今天终于得知了，她嘴角愉悦地弯成了好看的弧度。

沈熙勋，谢谷雨十二岁遇见的忧郁少年。此后的她，有很多个梦想，每个梦想里都是关于他。就这样，年幼时侵入心灵的情愫，那个名字，那个人便在谢谷雨心里播了种，生了根，发了芽，直至长成参天大树。

只是后来慢慢才知道，很多东西只能拥有一次。慢慢才知道，两个天天在一起的人不一定是朋友，有可能什么都不是。慢慢才知道，手机是别人有事找你用的，并不是为了交流感情的。慢慢才知道，有些事情常常来自于一厢情愿，而痛苦常常来自于愿望与现实的差距。

后来，沈熙勋回国工作，谢谷雨也跟着回国。也许，她也只不过是奢求一丝爱的温暖，哪怕是一点点自以为是的偏执纪念。只是，后来的谢谷雨，却如同带线的玩偶，向着那写好的却于她未知的结局一路狂奔，直到穷途末路。

因为她发现，沈熙勋从未喜欢过自己，甚至都未将自己放在心里过。可是她却不明白，那是因为沈熙勋的心里全部被仇恨占满，已经容不下一丝缝隙给别的人与事。

尽管如此，她还是想要爱他，想要嫁给他。

在人满为患的市公安局，排队近半个多钟头后，谢谷雨坐在了办证窗口前。

“您好，我想更改名字。”她将身份证和户口本一同递给了窗口内的工作人员。

“改成什么?”工作人员惯例询问。

“沈谢谷雨。”

沈熙勋，遇见你那年，我十二岁，单纯得什么都不懂的年纪。可我在十二岁生日当天吹灭蜡烛之际，我却瞒着爸妈鼓起勇气偷偷在心底许下了这样一个愿望：

沈熙勋，这一生，我愿以你之姓，冠我之名。

沈熙勋，我爱你，至死不渝。

有没有一个人，他让你红了眼眶，你却还笑着原谅

——许良辰篇

二十多年前，C市一位孕妇被紧急送往医院。

一天一夜的艰难生产后，我来到了这个世界上，而她却去了天堂。

“良辰，就叫良辰。”临终前，她给我取了这个名字。

自我出生起，爸爸就未曾瞧过我一眼。妈妈走后，悲痛不已的外公将我带回了家。他满脸皱纹，说话都很不利索。直到我长到十岁，我才见到我爸爸——C大最年轻的教授。

“爸爸……”我怯懦地唤他，他却径直回了自己房间。

外公安慰我说：“良辰，别难过。”

“外公，爸爸好像不喜欢我！”我转过头拉住外公的衣角问。

“你长大后会明白的。”因为打小没有父爱，我的性格变

得敏感而内敛。此后，在我爸爸的面前，我也变得格外小心翼翼。就这样，我们像陌生人一样相安无事地度过了几年。

在我十二岁的时候，外公也去世了。“良辰，长大后不要埋怨你的爸爸。”这是外公留给我的最后一句话，跪在病床前的我哭着点了点头。

读高中那年，同班的男生嘲笑我没有妈妈，我气得搬起一盆植物偷偷躲在楼梯拐角处，待看见他上楼的身影时，用力砸了下去。结果，他的脑袋被缝了数十针，而我则被学校记大过。因为这件事，一向沉默寡言的爸爸从学校回来后，便给了我一顿暴打。

“早知道你这么不听话，当初就不该生下你！”爸爸愤怒极了，而我被皮带抽得只喊“妈妈……妈妈……”听到我拼命地喊妈妈，爸爸愣住了，他停下手来，愣在原地良久，最后无力地扔掉了皮带走进了妈妈的房间，目光颓然。

我忍着疼痛，也跟了进去。只见爸爸正将妈妈的照片抱于胸前，一言不发。

“爸爸，你为什么不喜欢我？”我站在门口，满脸泪痕。

听见我的声音，他缓缓地放下妈妈的照片，抬起头来看向我，我看见他的眼角同样泛着泪花。“看见你，我就想起你妈妈，如果不是因为生你，她才不会离开我。”从爸爸悲伤的讲述里，我终于得知了我名字的来源，和他为什么不喜欢我。

原来爸爸和妈妈从小一起长大，青梅竹马，两小无猜。然而，家境差距太大的爸爸妈妈成年后不顾双方家庭反对，毅然举行了婚礼。然而妈妈却因身体弱被医生告知不适合怀孕，可倔强的妈妈知道爸爸喜欢小孩所以不听劝阻，坚持要生下我。正是这样，她才难产死去。生下我那年，她才二十二岁。女人一生中最美好的时候。

妈妈喜欢《牡丹亭》，自怀孕后，爸爸就特地带她去看了一场《牡丹亭》的演出，那场演出人满为患，一票难求，耗尽了爸爸的大半积蓄。演出在市中心剧院举行，大红帷幕拉起，坐在观众席里的妈妈看得格外入神。这部戏我也在高中课本读过，贫寒书生柳梦梅与富家女杜丽娘的故事。爸爸说妈妈最爱《牡丹亭》里面的一句词——良辰美景奈何天。

“你的名字应该就是来源这句词吧，良辰，良辰……她许了我良辰，我却……”爸爸哽咽地说着，表情痛苦到几尽扭曲。只是那时的我并不懂，爱一个人可以爱到这般程度，失去一个爱的人竟恨不得随她一同去。直到我遇见了顾南生。

那年，原本读艺术的我转去了文科班。也是那一年，我错过了顾南生，但又遇见了顾南生。在我收拾好书本离开艺术班的第二天，班里就从别校转来了一位成绩优异的男生。

“成绩好就算了，人还长得特别帅！”课间，班里不少女生聚在一起窃窃私语。

“早知道有这样一大号帅哥，当初我就让爸妈给我报艺术班了！”

“切，就你那样去了艺术班人家也不会正眼瞧你！”

“我也擅长唱歌跳舞弹钢琴啊，就不信他不会注意到我……”

“拜托，人家学美术的好吗？”

那些女生你一言我一语，吵得我实在烦躁，作业都不能安心写。“别八卦了，咱们文科班又不是没有男生！”我放下笔，朝她们喊道。

“哎哟许良辰，你是不是后悔从艺术班转出来呀？”面对嘲讽，我一笑置之，不敢再给爸爸惹麻烦。尽管如此，顾南生这个名字还是不可避免地频繁入侵我的耳膜。

“哇，顾南生！”

“他走过来了……走过来了……他居然也会自己下楼来上洗手间啊！”

“难不成你上洗手间是别人替你？”这样想着，我扑哧笑了出来。不顾同桌投过来莫名的眼神，我赶紧埋头继续写起作业来。

高二的时光总是枯燥的，做不完的题，考不完的试。下学期期末前的摸底测验，如往常一样进行分班。意外的是，我被分到了艺术班所在教室。那时候我们都是木课桌，可以掀开的。考试那天，我按考试条的排号顺序坐好，不料拿出

考试文具时小小的尺子从桌缝掉进了桌肚里。找还是不找？我犹豫了，因为没经过课桌主人同意就掀开桌盖的话类似做贼。

眼看开考铃声的临近，没有尺子根本不能做数学题。思考再三，我还是鼓起勇气打开了桌盖。然而，桌肚内书本太多，我翻找了一会儿却没找到。

“到底掉哪里去了？”不理会周围的议论，我继续翻找着，最后在两摞书中间找到了我的尺子。正当我将它拾起时，尺子底下一张人头像的画纸露了出来。在好奇心的驱使下，我将尺子和画纸小心翼翼地拿了出来。还未来得及将画纸完整地摊开，“准备考试了，大家都坐好，与考试无关的东西都收起来！”讲台上，监考老师道。我心虚地将画纸塞进了裤袋里，开始等待发放试卷。匆匆忙忙考完那场试，我收拾好东西顺着人流出了教室，忘了裤袋里还有一张别人的画纸。回到宿舍后想起，见着四下无人，我悄悄从裤袋里掏出画纸来。

弯弯的眉毛，灵气的大眼睛，烫得微卷的长发……一个年轻女人的画像呈现在我的面前，她是那样的美，却美得有些哀怨。难道是他女朋友？或者暗恋的女生？看着人像，疑问在我心中升起。“不管是谁，这画工实在了得啊！看来艺术班还是有真材实料的！”

忙于第二天的考试，我忘了将画纸还回去。直到离考试前半个多小时，校广播站突然响起我的名字：高二（1）班的许良辰同学，请速来广播站一趟，有人找。”谁会找我？我百思不得其解。校广播站在教学楼顶层，在我用力爬上顶层时，不知有个男孩早已等在那儿。

“我是高二（1）班许良辰，请问是谁找我？”站在广播站门口，我气喘吁吁地问。

“门外拐角窗户边就是。”正在整理点歌条的女生回过头来细语道。

“嗯，谢谢。”循着女生说的找去，果真在窗户边看见了一抹身影。“同学，我就是高二（1）班许良辰，你找我？”高挑的男生背对着我，望着窗外。

听到我的声音，他回过头来，“你是不是拿了我的东西？”目光不同常人的清冷，脸部轮廓也是不同常人的清秀。

“我，我没拿……”我心虚道，不知为何看见他后，我竟然不愿意将人像还给他。原以为他会动怒，不料他转身走掉了。剩下我一个人独自愣在了原地，心跳得很快。以为是紧张，未曾猜到这种感觉就是心动。

那时候的我相信爱情，却不相信运气。我最喜欢的作家是雪小禅，她曾说过这样一段话：不管前世，亦不管来生。今生，我愿鲜衣怒马烈火烹油，做锦心素面之人。还愿，无论如何起伏，仍然是那有情有义之人。还愿，煮字疗饥，内心安静凛冽。不求众人都懂得，赏心三两枝就好。在时间的

荒野上，孜孜以求，散发微芒，在喜气安稳的似水流年变老变淡。

可我却忽略了命运的能力。它能让你遇见一个人，而那个人足以改变你。

就像我遇见顾南生，然后不设防地喜欢上了他。没什么原因。冥冥中该来则来，无处可逃。好比喜欢一首歌，往往就因为一个旋律或一句打动你的歌词就喜欢上了。爱情，真是一件让人莫名其妙的事情。他转头离开的那一瞬，我仿佛听到花儿盛开的声音。只是匆匆的一个照面，却让我魂不守舍，直到他的身影消失在楼梯口，直到考试铃声突兀地响起，我才缓过神来。然而命运并不会如此仁慈，这次之后我和他便再也未能遇见，再次听到关于他的消息是，他转学了。而我的生活也恢复了平静。但他就像一阵风，吹过我的生命，留在我的心里。

后来，随着时间的流逝，我又遇见了很多人。顾南生这个名字和他的身影，在我的世界里开始变得模糊，变得苍白。原以为他只是我生命中出现的一段插曲，却不料命运早已安排好了局，只等引我们入戏。高考如约而至，成绩太差的我自然没能考上大学，在爸爸的帮助下，我的名字出现在了C大的补录名单上。

C大的校园很幽静，路径两旁植满了高大的法国梧桐，秋天阳光穿过树叶暖暖地打在我的身上，惬意极了。尽管爸爸在C大设计院任导师，但毕竟我是走后门进来的，所以他便要求我不要对外说是他的女儿。

10月1日，国庆节，爸爸留校研究课题，我也没有回家。睡了个超级大懒觉后，我顶着一头乱糟糟的长发去了食堂，上楼梯的时候脚滑了一下差点儿摔了下来，幸亏走在我后面的女生扶住了我。就这样，我和女生认识了，她有一个好听的名字，叶苜蓿。那几天我都在和苜蓿玩，不过她从来不谈她的家庭，我只知道她是外地的。好几次在放学拥挤的人潮中，看见她一个人抱着书本走着，一种孤单的情绪涌上了我的心头，我像是找到了同类。于是我便央求着爸爸再次动用关系，让我搬去了她的宿舍。

军训完之后，我们迎来了新生晚会。经过设计院的宣传栏时，恰好有作品展。十几幅作品中，一幅特别精致的图案吸引住了我。那是一件漂亮的长裙，妈妈生前最爱的款式。看到作品下面的署名，让我全身如同电流穿过，那个名字是，顾南生。那个在我记忆深处沉睡的男生，那个从我记忆深处即将苏醒的男生。

再次见到他时，他抱着一把吉他站在新生晚会舞台上浅浅唱着《两个人的烟火》。坐在人群中的我，被灯光照红的脸，阵阵发烫。书上说，第一次见一个人，体温在38.6℃就叫一见钟情。我想，我是喜欢上他了……高二那年便喜欢上了。

2月14日，情人节，我鼓起勇气写了一封表白信，可是我却不敢送给他，只好打电话给苜蓿。恰好接到了她的电话，她在电话里兴奋地说，说有好消息要告诉我。我们约在了C大的北门见面。远远的，我看见有个高挑的男生搂着她，走近的时候我才发现竟然是他，顾南生。我慌乱地将手上的信封塞进了后裤袋里，看着他们一步步地走了过来。

“死丫头，这么早就恋爱，不要我了吗?”眼泪不受控制地掉了下来，我佯装俏皮地道。

得知苜蓿和顾南生确立了恋爱关系后，半个多月下来我瘦了十斤。他们俩很幸福，天天腻在一起。一个是我最好的姐妹，一个是我暗恋的男生。夹在中间的我，除了痛苦，便是痛苦。

“良辰，我和南生去坐了摩天轮哦，好幸福!”下了晚自习，在校园里遇到我的时候，苜蓿撇下南生开心地跑过来拽着我的胳膊说。那时的我和她都是迷恋摩天轮的，从偶像剧和言情小说里受的蛊惑。后来，我一个人也偷偷去公园里坐了摩天轮。才发现，原来摩天轮上看到的景色也就那样而已。人们之所以会把摩天轮说得那么浪漫，无非是因为，希望跟最爱的人一起坐摩天轮而已。而我最爱的人，却在摩天轮旋转至最顶尖时，吻了别的女生。

大二的五一，全校按规定放了长假，而我依旧没有回家。“良辰，我不能留校陪你了。”苜蓿抱歉地拉着我的手说，顾南生要带她回家见他爸妈。听到这个消息，我的心又尖锐地疼，却只能装作随意地问起：“顾南生家住哪啊，不会在山沟沟里吧，你可千万别被骗去卖了！”

“他家在W市啦，放心，他敢卖了我我就也卖了他。”苜蓿笑着说。她不知道，那天我一个人偷偷买了去W市的车票，在他们回去的同一天，只是车次比他们晚一趟。

我只从苜蓿嘴里了解到顾南生家住在W市，具体是哪条街哪个小区我不敢问得太过清楚。在苜蓿留在W市的那几天，我窝在W市一家陌生的宾馆里听邓丽君的《我只在乎你》，一遍一遍地听，一遍一遍地跟着唱，唱到自己泪流满面。

三天过后，我给苜蓿挂去了电话。“在顾南生家玩疯了吧，几天都不联系我。”电话里，我故意生气道。

“没有啦，一到家南生超级懒的，都不带我四处玩玩……”苜蓿在电话里喋喋不休，语气似是抱怨，却又有隐藏不住的甜蜜。“不多说啦，长途，我明天就和南生启程回学校。”

合上手机，窗外的天空渐渐暗了下来，我突然想去趟寺庙。拿着钱包和钥匙，我就出了宾馆，径直拦了辆的士奔往W市的寺庙。

“小姑娘，第一次来W市吧？去寺庙拜佛吗？”载我的司机是个憨厚的中年男人，见我一上车闷着不说话，他便主动找我聊了起来。

“是啊，不知道W市的菩萨灵不灵?”我自顾自地说道。

“灵啊，肯定灵啊，我们这儿的寺庙可是全国闻名的呢!”讲到这里，司机神采飞扬，一脸骄傲。

我默然地点了点头，将头转向车窗外，不再说话。车窗外W市沿街的风景，让我产生一种莫名的留恋来，我还没有好好地看看这座城市，我还幻想着能不能有一天让我和南生也手牵手地一起走过。

在W市的寺庙里，我诚心地求了一个姻缘签——“春心莫共花争发，一寸相思一寸灰。”当时的我并不明白这签文的含义，解签的师傅也让我回去慢慢领悟。

离开W市，回到C大后，学习变得紧张起来。转眼升大三了，苜蓿和南生都在忙着准备期末考。他们的感情还是那么好，照这样下去毕业之后他们肯定会结婚的吧。不受控制地想象着他们并肩步入教堂的模样，我的心就撕心裂肺地疼。无奈之下，我便以考证的借口搬出了苜蓿的宿舍。其实，我是怕每天回来太晚了，苜蓿会知道。

南生，你知道吗，我每天都在偷偷跟着你，你走过的地方，你和苜蓿双双走过的地方，我都悄悄地沿着走了一遍。南生，我爱你。爱得如此卑微，爱得如此辛苦。

正当我手忙脚乱地准备考证时，他们吵架了，按理该开心的我却没有打心底开心起来。看到南生生气地离开，又兴奋地拿着棒棒糖回去，幸福地亲吻苜蓿的脸。悄悄躲在花坛后面的我捂着嘴，泣不成声。当南生打来电话时，我将手机丢到了枕头底下。我明白，他是找我帮忙去安慰苜蓿的，可我却不敢接他的电话，听到他的声音，我怕我抑制不住对他的想念，怕我辛苦筑起的防线，在他的声音中融化。

也许是终于不甘心自己喜欢的男生和自己的闺密在一起，也许是从小妈妈去世也没有获得爸爸太多的爱，也许是被爱情冲昏了头脑失去了理智，在离校实习前我调查了叶苜蓿的背景，然后找到了她，告诉她我喜欢顾南生，我能给顾南生想要的未来，而她给不了。不仅给不了，还会成为顾南生的累赘。

在叶苜蓿震惊地离开后，我又给自己打了一个赌，就是这个赌，让我内疚了七年，不安了七年。我悄悄给顾南生的饮料下了药，只是会让他沉睡一夜的安眠药。

如我所愿，第二天当叶苜蓿焦急地敲响顾南生宿舍的门，看到我穿着吊带出现在门口，顾南生裸露着上半身熟睡在床上，她瞬间掉头跑开，我便知道我赢了。其实我和顾南生什么事情也没发生，我只是赌叶苜蓿的骄傲，在亲眼看见了自己爱的人背叛了自己后还会不会原谅。

叶苜蓿是骄傲的，这点我深信不疑，但我低估了她的骄傲，原以为她会痛哭，或者骂我，再或者跟顾南生分手，没想到她当天却悄无声息地离开了C大，消失在茫茫人海里。

尽管我成功和顾南生一起去了墨尔本留学，但叶苜蓿那天离开顾南生宿舍时的背影，却在我心头挥散不去，成为我的负罪。在墨尔本平淡地度过了七年，每天和顾南生形影不离，但我知，我深知，他不爱我，他的心永远地留在了C大，留在了苜蓿身上。

回到W市后发生的一切，让我觉得像是一场梦，梦里我以为叶苜蓿会和顾南生重归于好，可我错了，错得离谱。当年因为我导致两人成了陌路人，那些各自的繁华各自的苍凉各自的经历是无论如何也回不去的。

梦的最后，我头戴钻冠，身披白纱，和顾南生手挽手走进了教堂，可梦里他的脸越发模糊，我看不清他的轮廓，甚至我会恐惧这可能不是同一个人。梦醒后，泪水浸湿了枕头。

天长地久，不过一句我为你，你为我。

我们总会在那样青葱的年华里遇到这么一个人，他强大到让你仰视，让你去崇拜，让你低到尘埃里，却一瞬间掳去你的呼吸，让你沉迷，不能自拔。

顾南生，我曾经爱你爱到一百二十分。在墨尔本那七年，因为你不爱我，我对你的爱降到了一百分。回到W市你仍爱着叶苜蓿，因为你还是不爱我，我对你的爱便又降到了八十分。许是我成熟了，懂事了，经历的事情多了，见过的悲欢多了，知道了爱情和爱人强求不来，我爱你也已经无法回到一百二十分的阶段。

曾多情如斯，伤痕累累，才终于学会无情。有一天，没那么年轻了，爱着的依然是你，但，我总是跟自己说：我也可以过自己的日子。唯其如此，失望和孤单的时候，我才可以不掉眼泪，不起波动，微笑告诉自己，不是你对我不好，而是爱情本来就是虚妄的，它曾经有多热烈，也就有多寂寞。

高中时期初次遇见的男生，变成最后从婚礼上弃我而去的男人，感谢你赠我一场空欢喜，我们有过的美好的愉悦的悲伤的痛苦的回忆，让时间和泪水染得模糊不清了。突然七年似尘埃，突然十二年似尘埃。也许日后我仍会偶尔想起你，记忆犹新。就像当初，我爱你，没有什么目的。只是爱你。

在更衣室内独自脱下婚纱的那一瞬，我想起了曾跟踪苜蓿和南生回来这座城市，我一个人在寺庙中求的那支姻缘签：春心莫共花争发，一寸相思一寸灰。

如今，我想我已然了悟了这句签文的含义。

南生，这杯酒你自随意，我且倾杯。我带着笑和泪，喝完了手中这杯酒，手中的空酒杯倏地从手中自由脱落，迅疾地掉下十楼，听不见任何回响。就像我这十二年的爱情时光，彻底告别。

南生，我不怪你，也不怨你，更不恨你，我要你知道，在这个世界上总有一个人是爱着你的，不管在什么时候，不管在什么地方，反正你要知道，总有这么一个人。

爱情，原来是含笑饮毒酒。它和死亡一样，都是很霸道的。

忘掉岁月，忘掉一切，亲爱的，我们永永远远不说再见。

我爱的人我要亲手给她幸福，别人我不放心

——苏泽篇

重症病房门外，顾南生匆匆赶来，紧紧趴在病房隔离玻璃窗上的我看见他的身影，径直上前用力挥了两拳。

“她不想看见你，请你离开。”愤恨地盯着眼前的男人，我紧握的拳头泛白，青筋爆出。

“我待一会儿就走……”顾南生用手拭了拭嘴角溢出的鲜血，喃喃地开口。

“如果不是七年前你的背叛，她也不至于遭遇这些事，一步步地陷入无边无际的绝望里。”我恨顾南生，更恨自己。

为什么不敢果断点儿，为什么不能全力些，寸步不离地守护她？要是当时自己坚持跟去就好了，就算要死也可以抱着她一起死，也不会现在让她一个人孤独地，冰冷地躺在重

症病房里。苏泽，你个浑蛋，你连自己最心爱的女人都保护不了……我一遍遍在心里骂自己，恨不得拿刀杀了自己。如果上帝能让我代替苜蓿受过，我愿意付出我的一切，哪怕生命的代价。

“叶苜蓿，你赶快醒过来，再不醒过来我就去喜欢别人了。”我悲痛地拍打着隔离玻璃窗，恨不得跳进去抱着她，摇醒她。

“苏医生，请您冷静冷静，不要影响病人！”在医护人员的劝说下，我和顾南生被要求离开了重症病房外。踏出医院，天幕渐渐黑了下来。

会不会再也不会亮了呢？我心底无比绝望地想。

苜蓿，其实一直以来，我不是碰不到更好的人，而是因为已经有了你，我不想再碰到更好的；我不是不会对别人动心，而是因为已经有了你，我就觉得没必要再对其他人动心；我不是不会爱上别的人，而是我更加懂得珍惜你，已经选定的人就不随便放手。世界上的好女人数不清，但遇到你就已经足够。爱情就像坐的士，走多少要付出多少代价。可是苜蓿，我不介意，哪怕衣不蔽体，哪怕食不果腹，哪怕倾家荡产，我也要救回你。

“苏医生，尽管叶小姐幸免于难，但她的脑部受了严重撞击。可能会醒过来，可能永远也醒不过来了。你要做好心理准备。”诊断室内，主任默默地拍了拍我的肩膀。

车祸那天，苜蓿用自己的身体保护了小红豆。小红豆没事，她却躺在了病床上没能醒来。

“苏医生，你不是从来不抽烟的吗？”下班后，寂静的内科走廊外，一盒香烟已被我抽掉了大半盒。主任经过的时候，诧异道。

吞云吐雾，伤悲缭绕，灰烬过后终究还是满腹惆怅。都说吸烟有害健康都在抽，总说天堂最美都不去，以烟来麻痹自己逃避现实世界，这是我此刻的无奈之举。

日子一天天过去了，隔壁重症病房的病人换了一拨又一拨，唯独苜蓿仍孤零零地躺在那里。心电图显示，她的心跳波安静地、平稳地流动着，就好像睡着了一样。如果真是睡着了，那总该有清醒的一天吧。我安慰着自己。顾南生也每天来医院，但都只是短暂地逗留一会儿就走了。

林婉媃也打来了几通电话，询问苜蓿的情况，每每我未来得及宽慰她，她便说了很多宽慰我的话。她说：“苏泽，苜蓿如果真的不再醒来，你怎么办？会一直守候她吗？如果苜蓿最后醒来了，请你一定带她离开W市，去另外一座城市重新开始新的生活。苏泽，你要让苜蓿得到幸福。”是啊，经历了那么多，我不会再放手了。我爱的人我要亲手给她幸福，别人我不放心。苜蓿，如果你能听见，请你早点儿醒过来。

十年前的遇见，十年间的纠葛，十年后的未知。我的这条爱情路，很长，很暗，没有一盏路灯点亮，但是我依然相信，在这个世界上，总是有一个人是属于我的。只是，她还没有苏醒过来，我在等待，等待着她的苏醒。

苜蓿，我的胡子长长了……

苜蓿，还记得在C大大一新生晚会上我霸占你旁边的座位吗……

苜蓿，明天就五一长假了，照看你的护士出去旅行了，别害怕，我会陪着你的……

苜蓿，林婉婇也恋爱了，她的男朋友长得比我帅，也比我有钱，呵呵……

苜蓿，重来餐厅在医院附近开分店了，等你醒了带你去吃你最爱的糖醋排骨……

苜蓿，今天我爸妈特地来看你了，他们让我好好照顾你，说等你醒来想讨杯喝媳妇儿茶，你愿意吗……

……

曾以为喜欢你的十年是那么的艰难，那么的漫长。如今却发觉，等待你苏醒的这些日子，才是我生命中最为艰难，最为漫长的日子。艰难得我一度觉得自己撑不住了，漫长得我一度觉得自己熬不住了。

苜蓿，你能听见我的呼唤吗？我爱你。

一日复一日地，苜蓿仍是安静地躺在那里，看不见她皱眉，看不见她微笑，世间所有的纷扰都与她无关。而我内心的伤痕，也日复一日地在每个夜晚，清清楚楚从头到尾再疼一遍。

转眼六月了，W市的夏天来了，走在大街小巷，迎面都是扑鼻的花香。这天，我嘱咐好护士帮我照看下苜蓿，出了医院。在郊区一家大型绿植养殖基地，我找到了一盆盛开得正艳的苜蓿花。我小心翼翼地抱着它，折回了医院。

我把这盆苜蓿花放进了苜蓿的病房床头，希望她能闻到花香，能愉悦地睡着。

这样的晴天和着清风，我把苜蓿存在我手机里的每张照片都打印了出来，做成了一本精致的相册。有她一个人孤单地走在C大校园里的，有她和顾南生两个人并肩坐在教学楼天台上的，有她在市里各大活动盛装出席的，有她在傍晚人群里黯然行走的……一张张地翻阅着。苜蓿，你无所不在。

六月中旬的时候，我被医院派往外省做课题报告，推托不掉，只好前往。我再三嘱咐护士："小莉，你一定要细心照顾好苜蓿，每日都要替她翻身擦洗，打开窗子让房间进进阳光透透气，还要帮那盆苜蓿花浇水。"苏医生，你就放心去吧，这里交给我，难不成你怕回来后叶小姐不见了？"小莉玩笑道，"我会按时给你电话汇报的，不过话费你得报销哦！"

出差时间为三天，寻常时仿若眨眼般很快流逝，如今却变得异常煎熬。我每天把手机拿在手里，甚至做报告时也调成了连续振动，生怕漏掉了小莉的电话。值得欣慰的是，每次小莉的来电里都告诉我，苜蓿状况很稳定。

做完课题报告，我婉拒了主办方的晚宴邀请，连夜买了飞机票飞回W市。清晨六点，飞机抵达W市，一出机场我便往医院赶。来不及放下公文包，来不及脱下西装，我迫不及待地奔上三楼——苜蓿的病房。许是我跑得太快，额头上冒出了一粒粒细细的汗珠，穿过安静的走廊，我能清晰地听见自己跳动剧烈的心脏声。

“苜蓿，我回来了！”推开病房的门，却意外看见床上空空如也，我蓦地想起临走前小莉开的那句玩笑话“难不成你怕回来后叶小姐不见了？”，倏地，我的心脏一阵紧缩，喘不过气来。“苏医生，你这么快就回来了？”背后传来小莉的声音。

“小莉，叶小姐呢？”我焦急地转过身来，看见小莉端着药盘走了过来。

“一个小时前我巡房她还在的啊！”听到我这样说，疑惑的小莉快步上前，越过我扫了扫病房内，“奇怪，人哪……苏医生，你去哪？”不待小莉说完，我就飞快地从病房门口抽身出来，向医院其他地方找去。

“对不起，请问有没有看见一个年轻的女病人，头发长长的……”

“不好意思，打扰了……”

一间间病房找下来，我还是没有看见苜蓿的身影。她到底去了哪里？难道是醒过来了？一连串的疑问在我心中升起，来不及思考，我又朝着二楼的病房寻找去。

“阿泽，你在找什么？”当我抱歉地从一间病房退出来时，突然听到身后再熟悉不过的声音。我愣在原地良久，生怕一个转身身后的人是其他人。

“阿泽……”见我没有转过身来，身后的人再次呼唤道，“我是苜蓿。”

再也忍不住，我像一阵风似的将僵硬的身体迅速转了过来，“苜蓿！”看清眼前的人确实是苜蓿，我激动地一把抱住了她。

“阿泽，我怎么会在医院？我又生病了吗？”听到怀里的女人这样讲，我再次怔住。

“苜蓿，你……”

“我，我怎么了……阿泽，你今天怎么怪怪的？还穿着西装，你的工作服呢？今天不用上班吗？”看出了我的迟疑，苜蓿的目光里满是疑惑。

“你不记得你来医院之前发生了什么吗？”我试探性地问。

“发生了什么？”苜蓿用力地回想，像是失忆般，“阿

泽，我头好疼……疼……”说完便晕了过去。

“医生，医生！”我眼疾手快地接住了他，大声喊着医生。

“叶小姐虽然苏醒了过来，但刚帮她检查完，发现她有选择性失忆的症状。”主任告诉我，如果人在极度痛苦的时候，大脑会为了自保而自动舍弃一些记忆，逃避一些现实。这就称为“选择性失忆”。所以，清醒过来的苜蓿，关于过去的很多细枝末节都不大记清了。

“你是谁，你走开，不要碰我！”从诊断室出来，我的脑子里一直都是“选择性失忆”这个词，心中五味杂陈。刚走到苜蓿病房门口，就听到里面传来激烈的声音。“苜蓿，我是南生！”

我慌忙地推开房门，看见苜蓿抱着棉被躲在病房一角，顾南生满脸悲伤地站在她一米外。

“我不认识你，你出去……阿泽……”看见我进来，苜蓿丢下棉被，朝我扑来。“苜蓿不怕，我在。”我一边拥她入怀，一边对顾南生做了一个“请”的手势。稳定好苜蓿的情绪，我轻轻带上门出了病房。

走廊外，顾南生正点燃一根香烟。“顾先生，这里不能吸烟。”

他尴尬地掐灭了烟头，声音沙哑道：“抱歉！”

“苜蓿虽然醒过来了，但是之前的很多人和事她都忘记了，如果你还有那么一丁点儿爱她的话，就请不要再打扰她了，她已经承受不了任何伤害，请让她开始新的生活。”我不知道我是用什么语气在跟顾南生开口的，像是警告，又像是恳求。

久久地，他没有说话，陷入沉思般。

“我还要上班，你自便。”说完这句话，我准备转身离开。

“苏先生，希望你可以让苜蓿幸福。祝福你们。”在我刚走出两步远，就听到顾南生的声音在身后响起，似是无奈，似是解脱。

回到病房，苜蓿正睡着。望着她苍白的侧脸，和皱在一起的眉，我在心里暗暗发誓：“苜蓿，这次我再也不怯弱了，我会一直守护你，保护你，不离开你。”

苜蓿慢慢康复了，可有关顾南生，有关许良辰的事，她似乎都忘记了。

这样也好，也许是上帝最后的仁慈吧。

“阿泽，我是不是签过一份离婚协议放在你那里了？”这日，我推着她在医院的花园里晒太阳，她突然开口问。

“协议在我这里，等会儿回办公室我就签字。”听到苜蓿再次这样问起，我推车的手明显怔了怔，怕她是在提醒我尽快签字，我连忙回答道。

“签字太麻烦了，等我出院了，我们一起去民政局办理

吧。”

“嗯嗯，也好。”我苦笑着说。

半个月后，苜蓿康复出院了。花园小区的房子早已到期了，在帮她安顿好住宿之后，我跟她去了趟W市民政局，我的包里安静地躺着那份离婚协议书。其实我早就签字了，在她带着孩子说回D市的那天，我明白她是想开始新的生活。

在民政局办理离婚手续的窗口，工作人员热心地询问了我们离婚的原因。“这些年，我对不起他……”苜蓿盯着我，愧疚道。

在征得我的同意后，工作人员帮我们办理了离婚手续，当公章盖下去的那一刻，我好像也解脱了。和苜蓿的认识，今年是第十一年了。“苜蓿，今后就让我以朋友的身份来照顾你一辈子吧。”我在心底坚定道，哪怕不是以爱人的身份，只要能陪在她身边我也甘愿。

离开办理离婚的窗口，苜蓿一个人走在前面，见她径直向前走着，我喊住了她。“苜蓿，出去的大门在那边，左转。”

“嗯，我知道。”听完我的话，她却并未停住脚步，仍向前边走着。我只好默默地跟着她，待走到尽头处，“结婚登记”四个喜庆的大字出现在头顶上方，狭小的大厅内人头攒动，好不热闹。

“苜蓿，我们是不是走错了？这里没路了……”见到这番景象，我不得不再次提醒她。

“傻瓜……”听到我的疑虑，苜蓿回过头来，朝我微微一笑，然后拉起我的手仰头踏了进去。在拉开大厅玻璃门的那一瞬间，还没反应过来的我便听见苜蓿调皮的音调。

“阿泽，你不愿意吗？”

后记

这个四月又是一组快镜头，文档总是被我开了又关。

这部小说原名是叫《我是一朵半途而废的花》，是我2009年写的一部长篇。

当时是写了十八万字，后来很多读者说结局太悲，于是删删改改，有了三个版本的结局。我也一直在犹豫，究竟是选择哪一个。

后来，我决定选用最初的版本。

或许那时候，我的文笔还是稚嫩的，情节还是错落的，故事也并不能够带给你们多大的期望。但只要能让你们或深或浅地感动过，叹息过，那我便觉得值。

因为这个故事完全是凭空虚造，并不是我的真实经历，但却让我在很多个夜晚胸腔里涌起大片大片潮湿的东西来。

很多人都在说，苏丹，我很喜欢你的文字。

可我自认为，我并不是个擅长写故事的人。

也许只有去远行，才能遇见一些人，一些事，从而才有了故事的可能。

我常常独自一人乘火车去不同的远方，然后停留在陌生的城市，凝望着从远处缓缓升起的太阳，内心便会变得安宁。

历经了人生无数突如其来的繁华和苍凉后，也曾信誓旦旦地决定毕业后去陌生的城市，没入人海，重新生活。

就像2009年张无敌狠了狠心，去了长沙一样。可真当我接到外省电视台的录取电话时，我却犹豫了。

毕业后独自留在武汉，是我在跟自己打赌，可笑的是那个让我留下来的理由却背弃了我。

于是，我回到了自己的城市。

毫无疑问，人生是一场充满了闹剧的无休无止的圆。

这些年，总是被身边的人不断地问及感情问题，记得今年的情人节还有朋友问我那晚有没有约会，妈妈也焦急地问我是不是有什么心理或身体障碍。

终于我有些不耐烦地回道：“这个世界就见不得别人单身？”我身心健康，也不是在等什么人，更不是对另一半要求高。

张爱玲曾说过：不管你的条件多差，总会有个人爱你；

不管你的条件多好，总会有个人不爱你。

在那个下雨的情人节，我想起的不是那个我用力爱过的人，而是大二那年站在烈日下涨红了脸颊胸膛起伏着对我说“我知道你不喜欢我，可是以后如果没人要你，你回来，我娶你”的那个白白胖胖的男生。

我也喜欢过一个人，只是得不到。因为那个人如果真心爱你，你无须用任何心计去留住他，他的心自然一直在你身上。

他若真爱你，你可以是任何一种女子。他若爱你不够，你才需要做一个全能的女子。如此想来，是他不爱我罢了。可，那，又怎样呢？

人们都喜欢用三年、五年、七年这样的时间段来形容一段感情的漫长，我是不是该庆幸呢，因为我只花了这些时间段里最短的一个——三年。

如果非要找出这本小说里面与我现实生活相关的，那便是男主角为了梦想抛弃女主角远赴墨尔本。就像他也是为了梦想，一次次负了对我的诺言。

不得不说，这是我的悲哀。可是，我又有什么好悲哀？

电影《艋舺》里有一句话很对：“你知道吗？风往哪个方向吹，草就要往哪个方向倒。年轻的时候，我也曾经以为自己是风，可是最后遍体鳞伤，我才知道，我们原来都是草。”

前年11月10日，光棍节的前一天，我的生日。义无反顾地去了遥远的西塘，漫长的火车旅途，让人有种想死的冲动。

挽着友人的手穿过一条又一条烟雨长廊的时候，心里硬生生地难过。夜晚回到客栈倚靠在临河的窗台边，看着平静的河水寂寥地点了香烟。然后打扮妥帖出门与陌生的男子在喧闹的酒吧里摇色子，仰头喝掉了一杯又一杯冰凉的酒。

酒吧的名字很应我的心情：单身情歌。

而我却沉迷于杨乃文的《Miss Underwater》，相比于作词者——只唱英文歌的德国人Mammalian Hacker，杨乃文的嗓音更冷冽。就像是希腊神话里独自坐在礁石边的美人鱼，凝望着翻滚的蔚蓝色海浪，甩着闪亮鳞片的漂亮鱼尾唱着魅惑的音，令风口浪尖上的水手都着了迷，无法自拔。

可我却不懂，让人无法自拔的除了遇见爱情，还有沉迷于回忆。

我承认，我从来不是一个听话的孩子，也永远那么不甘心地活。未来人山人海，可我们再不能边走边爱。但我相信上天的旨意，相信发生在这世界上的事情，没有一样是出于偶然。终有一天，这一切都会有一个合理的解释。

就像你离开我。

有人说，世间的感情莫过于两种：一种是相濡以沫，却厌倦到终老；另一种是相忘于江湖，却怀念到哭泣。我也记不清我们多久不联系了，我有种感觉，这一辈子都不会再见到你了。欧阳说："有些事，不说是个结，说了就是一个疤。"

我却在想：那些不能说的秘密，会不会成为我们永不见面的借口。

几度臆设，很多年以后，如果我和你，就这样再也不联系，可突然有一天，就这么站在喧嚣的人群里，相互注视着对方，第一句话需要多大的勇气才说得出？

而现在我宁愿默默祷告，再也不要与你山水相逢。

因为，太念旧的人，看不到未来。

星座上说，天蝎座的女子能够活得像个男人一样，万事自己解决，事实证明，我的生活的确如此。

或许真的如某人所说：苏丹，你不是坚强，你是冷，带着蝎子般特有的阴郁。

也像弟弟说的那样：你就是建了个乌托邦世界，自己在里面当国王。其实，这些年我是个骄纵的国王，也是个偏执的国王，更是个不快乐的国王。

我知道，每条路都难走。生活不可能像你想象得那么好，但也不会像你想象得那么糟。我觉得人的脆弱和坚强都超乎自己的想象。

有时，我可能脆弱得一句话就泪流满面，有时，也发现自己咬着牙走了很长的路。可我又何德何能，奢求他明白？

因为，生于这世上，没有一样感情不是千疮百孔的。

若我会见到你，事隔经年，我如何和你招呼，以眼泪，以沉默？

很多时候，我平静地做着一些事，喝水，失眠，然后突然很疼痛地想起你，真的很疼，疼得我弯下了腰哭泣。

但是，同一个人是没法给你相同的痛苦的。

当他重复地伤害你，那个伤口已经习惯了，感觉已经麻木了，无论再给他伤害多少次，也远远不如第一次受的伤那么痛了。

终于有一天，你发现了自己，放弃了他，放弃了自己长久以来的坚持和努力，也放弃了自己的刻骨铭心。即使这样，还是会想，他有没有像自己一样，抽烟喝酒不睡觉，不分昼夜地哭叫和大闹。如果有，那也许他还是爱自己的。如果没有无疑又是给自己一刀。

所以，很多事情，我不会说不会提，难过了就一个人不停地走。我不会吵不会闹，心痛了用沉默代替一切。我不会哭不会笑，累了我就关闭空间消失一下。只是有时候独自走

在人群中，我也会羡慕那些心里毫无畏惧和戒备的孩子，快乐就当街拥抱，难过时哄哄就会好。

其实我也并不老，却已经不敢再说爱，也不敢再说恨。

烟还点着，味道却淡了，我并不是天生爱寂寞，却比任何人都多。就算把世界给我，我还是一无所有。我要快乐，我要能睡得安稳。有些人不抱了才温暖，离开了才不恨。我早应该割舍。我要快乐，哪怕笑得再大声。心不是热的，全都是假的。只有眼泪是真的。

把从前想了一遍，谢谢了，伤我的那些人。

“今年拥抱幸福的人很多，而我还是一个人生活，也没有坚持做媒体。谁能明白，三言两语，蚀穿心骨。”

这是去年年底打官司期间，及生日前，我写在博客里的句子。

如今一晃都过去半年了，我的生活又被上帝洗了牌，拥抱了幸福，接着做媒体。小时候看《泰坦尼克号》，觉得最感人的一句是“You jump I jump”。

再大一点儿觉得是“Promise me to a good living”。后来却真心觉得是“I’ m Dawson，Rose Dawson”。

对于一个女人，最大的心愿无非是：“以你之姓，冠我之名”。

就像《北京爱情故事》里说的那样，如果爱情能成为职业该有多好，我永远都不会早退，也永远不会转行，任期就是这一辈子，世界上最幸福的工作，就是做你的专职爱人。

我相信，总会有那么一天，有一个人，会走进你的生活，让你明白，为什么你和其他人都没有结果。我还是相信，这个世界会有一个人，对我不离不弃、不欺不瞒。先前经历过的伤与痛是为了完美我自己，以更好的姿态遇见他。

一路走来总是有很多人意犹未尽地对我说：苏丹，我羡慕你的生活。

殊不知我努力生活得丰盛，只是自己在跟自己较劲。

这些年，那么多当时我觉得快要要了自己命的事情，那么多快要撑不过去的境地，咬牙熬，再熬，坚持，再坚持，它们最终都被我，踏平。

毕业之后各种实习，各种跳槽，很多人问我为什么不坚持做媒体。

我说：“毋庸置疑，我比任何人都喜欢我的专业，我也想成为一名优秀的记者，可是这只能实现我的一个梦想，并且太容易实现。”

如果做记者，我都能够想象十年后自己还是背着相机穿街走巷跑新闻的那副模样。人都是贪心的，不满足的，对于

太容易到手的东西都不会稀罕。所以，我要去追逐我其他的梦想。

那些穿越重重阻碍和艰难，才能实现的梦想。

那天和程子经过公园里摩天轮和旋转木马的时候，我内心无比失落地想：这些年自己总是围着寂静的湖边转啊转，也常常停下脚步抬起头来仰望，却一直没有能上去坐过。

就像有些梦想，明明近在眼前，可还是要绕很多很多圈，经历很多很多事，才能靠近那么一点点。

而我，始终都在背道而驰。因为命运的安排，总是出离我的预料。

就像现在又重回报社，背起相机穿街走巷跑新闻。

亲爱的L安慰我说：命运有一半在你手里，另一半在上帝的手里。你的努力越超常，你手里掌握的那一半就越庞大，你获得的就越丰硕。在你彻底绝望的时候，别忘了自己拥有一半的命运；在你得意忘形的时候，别忘了上帝手里还有你一半的命运。你一生的努力就是，用你自己的一半去获取上帝手中的一半。

这也是每个人一生的命运。

面对千变万化的生活，我也会不知所措，我一遍遍告诉自己，现在暂时不能战胜的，不能克服的，不能容忍的，不能宽容的，凡是不能杀死我的，最终都会让我变得更强大。

以至于有人对我说：如果太遵照自己内心而活，要么成为一个疯子，要么成为一个传奇。

那么，苏丹，你呢？

后来修改这篇小说的时候，文中那些人物的故事，我居然写着写着就写不下去了，本以为关于他们的故事我可以写很多很多，这才突然明白九把刀写那些年的时候是怎么样的一个心情，写自己喜欢的男孩女孩可是最终没有在一起，需要很用力很用力才能释怀吧？

于是花了很长很长一段时间来释怀，写完所有番外的时候，我坐着空荡荡的公交车游走在繁华而陌生的街道，漫无目的地出入路边各种小店，偶然在一家装饰简朴的吉他店里看到一把悬挂在墙上的棕色吉他。

此时此刻，我很想抱着它安静地唱：我这里阴雨绵绵，但愿你们那里星星堆满天。

现，我在等待一场秋雨和一场大雪。

我们明年见。

苏丹

2013年10月